中国妖怪

[日] 陈舜臣 著

刘琼 译

北京出版集团
北京出版社

目录

第一话　美狐

一

是否真实无从得知，据说中国最初的王朝是夏朝，创始者是成功治水的大禹。他娶了涂山氏的女儿，生子名启。

涂山氏大约是诸侯的姓氏。据《吴越春秋》记载，禹到了三十岁还是独身，他曾说："我若是娶亲，一定要受举世瞩目。"

此时，便出现了九尾白狐。

"白色是我衣服的颜色，九尾是王者象征。"

禹如此言后，娶了涂山氏之女为妻。

神话中有各式各样的解释，就算涂山氏的女儿不是狐，其家世也必定与狐有着深远的渊源。

太原有一户姓耿的豪族，当家的叔父擅长写作，写有

《涂山外传》。涂山氏的女儿，为辅佐身为皇帝的大禹，建立了哪些功绩，都有明确的记录。

耿是姓，也是地名，在山西省耿城。夏王朝的下一个朝代殷王朝屡屡迁都，耿城曾一度成为殷的王都。

耿家在太原有座雄壮的邸宅，从上一代起家运衰败，而且，宅子中发生了各种各样奇怪之事。于是一家人迁居别处，只留一位老人看守。

奇怪的是，宅子的大门时常自然打开，自然关闭，夜半无人之时，还常常传出嬉戏之声。

这当家的有个侄子，名叫去病，是个怪人。他一直对妖怪奇谭感兴趣，就拜托看门的老人，每次有了动静，立即通知他。

一晚，二楼有灯火明灭，老人便去通知去病。他就住在近处。

虽然通知了他，但老人不许去病上二楼。

“危险啊，万一有什么不测……”

去病不听老人的劝告，上了二楼。

由于去病以前住过这里，所以轻车熟路。当通过走廊时，他听到窸窸窣窣的人声。

他透过门缝看去，屋内有两支巨大的蜡烛，屋里明若白昼。一位老人头戴儒冠，面南而坐，对面是一位老妪。

原文用“叟，媪”二字来描述。我本以为是相当老的老人，结果注释中说年约四十。大概古代年过四十岁已算是老人了吧。

桌上摆着酒壶，当他们相谈甚欢之时，去病走了进去，笑呵呵道："来了一位不请自来之客。"

"是谁，擅闯别人的内室。"

"哎呀，这明明是我家内室，被你们给占领了。只顾独享美酒，也不请主人来品尝，真是吝啬啊。"

老人盯着去病看。

"你不是主人。"

"我，乃是人称狂生的耿去病……主人的侄子。"

老人恭恭敬敬地行礼道："久仰久仰。"

随后，他命家人为去病端回饭菜。去病连忙谢绝，老人便为他斟上酒。

"哈哈，大家都别躲了，来喝一杯吧，我可是你们的亲戚啊。"

听去病这么一说，老人便叫来一位年轻人，向他介绍。

原来老人名叫胡义君，年轻人叫孝儿。孝儿比去病小两岁。去病今年二十一。

"你的祖父写了一本《涂山外传》，你可知道吗？"

"知道。"

"实不相瞒，我们乃是涂山氏的末裔。唐以后的家族系谱我尚知道，可三皇五帝时期的就不清楚了。想请您赐教。”

在老人的请求下，去病将涂山氏的女儿如何辅佐大禹，大致介绍了一下，且相当有叙述技巧。

——粉饰多词，妙绪泉涌。

原文如此形容。

“真是前所未闻之事啊，从此以后你就是自己人啦。孝儿，去叫你母亲和青凤过来，让她们都来听听，必须了解我们先祖的遗德。”

老人对孝儿吩咐说。

二

住在耿氏旧屋里的，其实是狐族。之所以选择耿氏邸宅，因为耿氏一族有人写了《涂山外传》，这令他们感到亲切。大禹的妻子，生育了夏王朝第二代皇帝启的，正是涂山氏的女儿，其真身乃是九尾白狐。

狐虽被称为妖兽，但换个角度，它亦是灵兽。

《说文解字》中说，狐乃是鬼寄身之灵物，鬼是亡灵，附在狐身上，狐便能出入幽冥之境。从幽到明，从明到幽，可以魅惑人类。

名唤青凤的，是个记忆超群的女子。她有一项职责，就是向下一代讲述所听之事。

青凤的出现，令去病不由得心旌动摇。她婀娜多姿，娇艳动人，一双明眸善睐，透出无尽的智慧。

去病重复了一次方才的讲演，但他的情绪与方才已是天壤之别。他情绪高昂，仿佛是抑制着内心的波澜万丈。那语调此起彼伏，浪潮跌宕，他陶醉在自己的声音中。其间，他的眼睛一眨不眨，凝视着青凤。

（她对我有感应……）

他可以确信。难以抑制下，他在桌下轻轻踩踩她的绣鞋。她轻轻地收回脚，面无愠色。他已向对方传达了好感。

去病比平时醉得更快，他兴奋得难以抑制，叩着桌子叫道："如果能将青凤揽入怀中，就算是帝王之位，也不算什么，我可以用来交换！"

与其说是醉态，不如说是狂态，胡义君的妻子面色惊恐，揽着青凤离开了房间。

去病失望而归，却忘不了青凤。待到第二日傍晚，他又去了昨天的地方。桌上摆着菜肴和酒具，还飘着兰麝的芳香。有青凤的气味，人却不在。不仅如此，无论他怎么等，连一声咳嗽也听不到。

去病旋即回到家中，对妻子说："我要搬回老房子里。"简直像着了魔一样。

"你要去就自己去。"

妻子生气地说。

"嗯，我走了……"

去病大步流星地踏出家门。

他在楼下的房里读起书来。

那晚，为了抑制内心的激动，他在砚台上磨着墨。这时，幽灵出现了。那幽灵披头散发，面色漆黑，圆睁的双眼闪闪发光。

“谁！你要干什么！”

去病用手指蘸上墨，涂在自己脸上。他漆黑的脸上，两只眼睛像燃烧般怒视着对方。幽灵见后，仿佛感到羞愧一般离去了。

第二晚，当他熄灯准备睡觉时，听见后门传来门闩响动、打开大门的声音。他偷偷从门缝向外看，竟然是青凤。她看见去病吓了一跳，忙往后退。

去病当即跪下道：“我不顾重重凶险，来到这里，确实是因你之故。还好现在没有别人，你哪怕握握我的手，对我笑笑也好，我死也甘心了。”

青凤远远地道：“你的深情厚谊，我并非不知。但是叔父家规甚严，我不能答应你。”她声音很轻。

“不碰你也可以，只要能多看几眼就好。”

三

去病继续哀求着。关于碰你的身体，原文是这样说的：

——亦不敢望肌肤之亲。

看样子女子终于心软了，走向去病面前。

去病喜出望外，同她一起下楼，将她放在膝上。

“今天算是走运，若再过一晚，无论你如何痴心，也休妄想了。”青凤道。

“为何？”

“叔父畏你太狂，化作幽灵想吓唬你，谁知你全然不动，所以我们全家已经搬走了。大家都忙着搬家具，只有我留下来看守。明日也必须离开……”

青凤正要离开，去病却拉着她不放，还紧紧抱住她。

青凤拼命想挣脱。

“不行，叔父会来的。”

正相持不下时，叔父果然来了。去病终于放手。

青凤羞惧交加，无地自容，只有垂头拈着衣带不说话。

“你这个贱人，做出有辱我门户的事情，赶快和我走，否则我必用鞭子抽你！”

在胡义君的咒骂声下，青凤走出了大门。老人跟在后面，去病也追了上去。

老人仍在不停地咒骂，青凤则是嘤嘤抽泣。去病好像胸口被撕裂一般，大声喊道：“有罪的是我！和青凤无关。只要你原谅她，就算对我千刀万剐，我也心甘情愿！”

于是，咒骂声消失了，在他的喊声下，对方选择了沉默。无奈，他只好回去睡觉。

四

去病的叔父听说后，心里很不舒服。因为此前房子就流传出怪异之事，这次他决定把房子贱价卖掉。去病正好买得起。

“或许是为了回忆青凤吧……”

去病买下了邸宅。他说服妻子说妖怪已经搬走了。于是他们住得很愉快。

去病是如何得知青凤等人身份的，聊斋先生并没有交代。邸中有怪异之事，比故事开始得还要早。恐怕去病在见到青凤的时候，就知道她并非人类。聊斋先生认为没有必要提，故此不说。

作者聊斋先生，原名蒲松龄，字留仙，一字剑臣，号柳泉居士，生于明崇祯十三年（1640年），五岁时目睹了明的灭亡。他出生的山东淄川，是明清激战之地。清代时反清游击战争也非常激烈，朝廷对其镇压也是相当严酷的。他从小就感到，比妖怪更危险的是人类的战争。

搬家一年之后，清明节，去病像往年一样去扫墓。中国二十四节气之一的清明节，是扫墓的日子。日本扫墓是在春分和秋分，只有冲绳和中国一样在清明。

结束了漫长的冬季，人们终于可以开始户外活动，是由扫墓开始的季节。在碧绿的原野上尽情游玩，也是清明的活动，踏青。

扫墓回去的路上，去病看见两只狐被猎犬追赶。一只逃进了荒野中，另一只走投无路，看见去病，跑过来对着他哀鸣，垂耳贴首，摇尾乞怜。去病解开衣服，包起它带回家中。

他关上门，把它放在床上，一看，竟然是青凤。去病又惊又喜，忙问她事情来龙去脉。

“我和丫鬟在外游玩，遭此横祸，若不是公子，我已成了狗腹中食。现在公子知道我是异类，不会嫌弃我吧？”青凤道。

“见到你就像做梦一样，得到你更如获至宝，怎么会嫌弃呢？”

青凤称自己是异类，去病却把她称作异宝。

“这也是命运啊。”青凤痛切地道，“这样我们就可以在一起了，那个速度敏捷的丫鬟已顺利逃走，她必然认定我死了。从此以后，我就可以和你长相厮守了。”

如此，他们愉快地度过了一天又一天。去病将她安置在其他屋里，大概就是大宅子的另外一栋。因为去病二十一岁邂逅青凤的时候，已有了妻室。

聊斋先生十八岁时，与十五岁的刘氏结婚。那是早婚的时代，婚约其实还要再早两年。过早定亲，也是由于刘家曾面临一些问题。听闻清朝的良家女子，是要进后宫选妃的。一旦进入紫禁城，就是亲姐妹亲兄弟也无法见面。刘家女儿通过订婚，从选妃对象中获得了免除。顺提一句，清朝皇帝顺治帝，比蒲松龄年长两岁。

进入后宫，虽被认为是名誉的象征，但在明清交替后很多年间，百姓都有强烈的异族朝廷这种意识。良家女子都很惧怕“选妃”的传言。

和青凤重逢后两年，孝儿突然来拜访去病。去病询问他原因，孝儿跪拜道：“父亲遇上了飞来横祸，除了你无人能救。原本父亲应亲自来求，又怕你拒绝，才让我来见你。”

“事出突然，我不明所以，到底怎么回事？”

“你认识莫三郎吗？”

“是我的年家子，当然认识。”

同一年科举及第之人，称为年家，相当于亲戚。也叫作“年谊”。其子女，称为“年家子”。耿家与莫家，是同一年科举及第的关系。

“明天此人会经过你家门口，那时，如果他的猎物中有一只狐，请你无论如何要过来。”

“我当日在楼下所受的耻辱，就仿佛昨天发生的一般。其他事情都可以，这件不行。如果一定要我帮忙，就让青凤来见我。”

孝儿流下眼泪。

“凤妹死于野外，已三年了。”

去病一拂衣袖，说道：“既然如此，那我的怨恨就更深了。”

他拿出书来大声地诵读，不想再和他多言。

伏在地上的孝儿站起身，连哭也哭不出声，只好掩面而去。

五

孝儿回去后，去病去找青凤，同她讲了事情原委。

青凤闻之色变，诘问他道："你为何不救我叔父？"

"救是救的，我方才故意不答应，是因为他曾经对我蛮横，我才稍加报复。"

去病答道。

看来，他对曾经在楼下的耻辱念念不忘。其实老人当时呵斥的是青凤，并不是去病。

可见，去病将青凤受到的耻辱感同身受。如此，他们可称得上是相亲相爱的典范了。

但是，去病将和女子调情被当场斥责这种微不足道之事看作一种羞耻，就是普通男子的爱面子啦。

毕竟，他将爱人的苦痛，当作了自己的苦痛。“狂生”这个称呼，恐怕也是为了那些用情专注之人而拟的名字吧。

《论语·子路篇》有以下论据：

——子曰：不得中行而与之，必也狂狷乎，狂者进取，狷者有所不为也。

中行指的是处事有所平衡的中庸之人，和这样的人交往是最理想的，如果找不到这样的人，就只能和狂者、狷者交往了。

如此看来，在儒家思想中，对“狂”的评价是肯定的。“进取”，代表积极、果断地完成和实现目标。狷者，指的是对普通人做的事情绝对不参与，坚持不去做的人。

如果找不到理想的中庸之人，狂、狷两者，作为次好的性格，孔子也是承认的。

另外，对于孔子说的狂而不直之人，我未曾见过，但可见于《论语·泰伯篇》。狂者，一定是爽直之人。

去病是狂人，他将爱人青凤所受的委屈，当作自己的委屈，不能忘怀。

青凤听他说要救叔父，自不用提有多高兴。

“我从小就是孤儿，依靠叔父才长大，他之所以对你苛刻无情，也是出于遵守家规，不得已的。”她说道。

《聊斋志异》的评论者但明伦在这一段说道：

——以礼制情，情当自屈。

该评论认为：青凤的一番话承认了叔父的言行，同意应当重礼而抑情。这种追求训诫的阅读方法，不学也无妨。

“话虽如此，但一笔勾销没那么容易，如果这次你真的死了，我是必定不救他的。”

听了去病的话，青凤笑了：“你真狠心。”

原文用的是“忍哉”二字，是饱含着恨意的词汇，青凤是边笑边语。大概是有当时大难不死的幸运，存在于她下意识当中，她现在才能轻松地笑言吧。

第二天，莫三郎果然来了。他下跨佩戴饰金的骏马，身佩绣有猛虎的弓套，带着众多侍卫，声势不凡。

清朝时代，统治阶级的满族原本是狩猎民族，使用狐、貂、豹、虎、海獭、水獭等皮毛度日。创建王朝之后，狩猎仍然很盛行。

满族人又被称为“旗人”，他们都属于满洲八旗的某一支。他们在介绍本籍的时候，说正红旗和正蓝旗，也和狩猎不无关系。

他们在狩猎的时候，要事先确定一个将猎物赶进去的范围，在周围插上黄旗。追赶猎物的助手分为三队，中央插蓝旗，左右插红旗和白旗。这黄蓝红白四旗，和边缘的四旗合起来，一共是八旗。

狩猎虽是为了生活，但也包含了军事训练功能。指挥者当然要穿着色彩鲜艳的军服。清朝初期狩猎盛行，不仅是满族，汉族也发起了狩猎运动的风潮。

话说威风凛凛的莫三郎，身后跟随着侍从，满载一吊又一吊猎物而归，炫耀着他的战利品。

去病在大门口迎接，看见猎物中果然有一只黑狐，便和他打招呼道："三郎，我能要一样东西吗？"

"原来是去病啊，你想要什么呢？"

"我的裘皮大衣破了，想补一补，能把那黑狐给我吗？"

去病说着走近猎物，摸了摸那黑狐。那狐虽然浑身是血，却还有温度。

"可以啊，这个好说。"

三郎痛快地答应了，还亲手为他解掉了绳子。去病将它交给青凤，就招待客人喝起酒来。

六

青凤将黑狐搂在怀中，为他暖身。过了三天，黑狐恢复了气息，躺在地上一滚，变成了那个老人——胡义君。

老人抬头看着青凤，不敢相信自己是在人间。三年前，根据侍从的报告，青凤被猎犬追赶，再也没回来过，大家都以为她死了。

“这难道是冥土？”胡义君老人这么想也有道理。

青凤一五一十对他详细讲述了事情的经过。老人听后，忙跪下对去病道谢，并且为此前的过失感到羞愧，表达了歉意。又笑着对青凤说：“我刚听闻你死讯的时候，说绝不可能。到底证实了我是对的。”

青凤对去病道：“你如果真的怜爱我，就把原先的二楼借给我。我想报答叔父的恩情，请他来住。”

原文说报恩，用的是“反哺”。这和反哺是同一个意思。

“哺”，是指将嘴里的食物给孩子吃，就是母鸟给雏鸟喂食。雏鸟长大后，反过来给母鸟喂食，叫作“反哺”。

中国博物学家李时珍在《本草纲目》中说过，一种叫“慈乌”的鸟，从出生到六十天左右，都由母鸟“哺”育雏鸟。待雏鸟长大，又哺喂体力衰竭的母鸟，这种报答叫作“反哺”。

据李时珍说，体形小、色黑、嘴小的乌鸦，就是反哺的“慈乌”。嘴大、下腹白、不反哺的叫作“雅乌”。

《本草纲目》是医书，其中的记载包罗万象，没有一样不是良药。如果要问慈乌有何功效：

——补劳治瘦。

对于恢复疲劳，治愈瘦弱，都有功效。虽然健康饮食现在很流行，但过瘦也不好。

《春秋元命苞》是一本被广泛引用的书，其他书中残留着一些其中的文字。书中有“反哺之鸟有三只脚”这种奇妙的记述。

三只脚的鸟，是西王母神话传说中的使者，住在太阳上。或许是古代人观测太阳，注意到上面的黑点，反映在了神话中吧。

深黑色的鸟，让人联想到丧服，以及一些不吉利的事物，而太阳的黑点，时时让人联想到好人。

在日本，神武东征之时，在熊野到大和的险路上为军队领路的八咫鸟，就是建国的功勋之鸟。

三只脚的鸟也是慈孝之鸟，诗文中讲慈孝之心即是反哺之心。不仅是鸟，狐也有此心。

青凤为了叔父一族，恳求去病，保留了一处居所。

用情专一，被称作狂生的去病，当然会答应青凤的请求。于是那晚，胡义君一家搬回了以前的住处，去病宅子的二楼。

从那以后，去病一家和狐一家，像亲戚一般相处着，变成了父子般的关系。很快，狐疑也好，嫌恶也罢，都无影无踪了。

本篇始终未触及去病的妻子和青凤的关系，或许在当时的社会氛围下，在意才是不符合常规的。去病发妻生的儿子长大之后，担任了家庭老师的工作，教授方法耐心和蔼，是位优秀的师表。

有一种说法：传奇书中关于狐狸、妖异、鬼仙等的出场，代表在人类各种各样的束缚中有自由的存在，基于此，也是追求人类世界本身应有的样貌。

同时，从青凤的故事中，我们可以读出，狐的世界亦有家规，而且相当严酷。可以说妖异的世界，就是人类世界的复制。这种思考方法相当浓厚。

狐的老人取名胡义君，胡和狐，完全同音。

在日本，狐作为稻荷的使者，是受到信仰的对象。稻荷是农作物之神，似乎是缘于下面的说法：狐色接近土色，狐捕捉兔子和田鼠等破坏农作物的动物，毋宁说是益兽。

《聊斋志异》中有众多关于狐的故事，它们中大部分都化作美女。例如有一位获得医术的美女婀娜，和一位相当于孔子末裔的人物结为夫妻，生了一个叫小宦的儿子。小宦长大后，容貌韶秀，总显得带着几分“狐气”。于是，世间之人都知道小宦是狐之子。

另外，据说日本的阴阳师安倍晴明（921年—1005年），就是住在信太森的白狐所生。

赋予狐以美女的角色，到底还是因为它有益兽、农耕之神的美好形象吧。古来，据传狐有三德，第一有色；第二有形，“狐”字和“瓜”字形近，尖嘴大尾，给人以安定感；第三有德，狐知恩义。

《礼记·檀弓》有记载：

——古之人有言曰：狐死正丘首，仁也。

丘首，是说死的时候把头对着自己的洞穴，比喻不忘本。

狐是妖兽，是灵兽，是仁兽。

第二话 侠女

一

据《清史稿》记载，清世宗雍正帝于雍正十三年（1735年）八月丁亥患病，第三天己丑日病逝。时年五十八岁。

据说他前一天还是精神抖擞，未表现出任何异常。他在圆明园驾崩时，只有四子弘历（乾隆帝）和五子弘昼（和亲王）二人陪伴在他身边。

当时的详细情况，当然不会布告天下。但是街头巷尾流传着各种各样的推测。

对于雍正帝的祖父顺治帝之死，也有各种猜测，而且神乎其神，广为流传。话说顺治帝于顺治十八年（1661年）正月十五，在紫禁城养心殿驾崩，结束了二十四岁的生命。而在此四个月前，碰巧他所热恋的董贵妃离世，于是有传言说他是看破红尘，去五台山出家遁世了。清初大诗人吴梅村，有一首长诗，题为《清凉山赞佛诗》，就是这样写的：

——可怜千里草，萎落无颜色。

千里草，正是董贵妃“董”字的分解。

据说，《红楼梦》中的主人公贾宝玉由于失去了珍爱的林黛玉，出家遁世，便是效仿顺治帝和董贵妃的罗曼史，这点也是很有根据的。

虽说顺治帝之子康熙帝痴迷朱子学，对佛教并无兴趣，却五次行幸五台山，并且都是在他长达六十年治世生涯的前半生，大概是父亲在世时，他前去五台山会面的缘故吧。

关于顺治帝年仅二十四岁之死、过于年轻的疑惑，以及雍正帝之死过于仓促的揣测，层出不穷。

莫非是死于非命……

人们悄悄议论着。也许在有些人的心目中，正希望那样的皇帝被害吧。

雍正皇帝性格冷酷，施政严厉恐怖，实行了残忍的“文字狱”。对于丝毫非议清朝和满族之人，毫不容忍，格杀勿论。即便是死去之人，也要掘其坟墓，暴其尸体。比如，对鼓吹了民族思想的吕留良（1629年—1683年）等人，即便是已故五十年，仍然要暴露其尸体，将其族人满门抄斩。

有位叫作查嗣庭的文官，只是在科举考试中出了一道题目，论述“维民所止”四个字，便被投入监狱而身亡。死后，朝廷还把他的尸体暴露在市井，把他的儿子处以死刑，更将其族人全部抓进监狱。而“维民所止”只是一句古语，意思是建立令百姓安心居住的地方，只因文字上看，它删除了“雍正”二字的头部，出题者便被视为不敬之罪。

——吕留良的孙女刺杀皇帝，为父报仇。

不知是由谁而起，这句流言在全国散布开来。

由于男性子孙多数关进了监狱，所以只有孙女才能为家族报仇。

对了，蒲松龄的《聊斋志异》中就有这一段故事。这就是本书的第二话《侠女》所要讲述的。

《聊斋志异》当时广为流传，大多数读书人都读过。当人们悄悄地谈起暗杀皇帝的传言时，必然提到“侠女”的传说。而“侠女”的传说究竟讲了什么故事呢?

二

主人公是一位姓顾的贫穷书生，金陵人士，多才多艺。只是家中极为贫穷，母亲上了年纪，不舍得儿子离开膝下，于是他只好卖些字画谋生。年已二十五岁，却还未娶妻。

这家人对面有座宅子，原本无人居住，后来搬来了一老一少，母女二人。顾生很好奇这家住的到底是什么人。但邻居家中没有男丁，也不好打听。

有一天顾生从外面归来，正巧看见对面的姑娘从母亲的房间走了出来，大约十八九岁。这姑娘样貌标致，举止优雅，气质不凡。

“那是谁家姑娘？”

顾生问母亲道。

“那是我们邻家的姑娘，过来借剪刀和针线。我们顺便唠唠家常，原来和咱家一样，也是孤儿寡母两个人度日……不过看样子，不像是穷人家长大。我问她为什么还不嫁人，她说家中老母年事已高啦。明天呀，我就过去见见她娘，如果她们看得起，你也好照顾她们娘俩呀。”

顾母真是满心欢喜。二十五尚未嫁娶，在那个时代算是有违常规的。作为母亲，当是尤其焦心。

但愿两家变一家，顾母打着如意算盘。

第二天，顾生看见母亲从对门说话回来，面无喜色。便问道：“事情不顺利吗？”

母亲摇头道：“她家老母亲耳背得厉害呀，我扯着嗓子和她说话，真是费劲。她娘呢，也并非没那个意思，只是她家姑娘一言不发，一副毫不在意的样子啊……哎呀，到底是嫌弃我们家穷吧。我只好说些不痛不痒的，她却笑也不笑。好一个如花似玉的姑娘，却冷冰冰的像雪一样，真是个怪孩子。”

婚事到此为止。

二十有五，顾生并非木石，为了适当解决生理问题，他是个双性恋。

男色在中国有个雅称叫“断袖”。话说当年汉哀帝（前261年—1年）宠爱一名美童，名叫董贤，任命他为大司马——国政最高官衔。而董贤当时只有二十二岁。

哀帝与他，连午觉都同榻而卧。一天，董贤枕在哀帝的袖子上睡着了，哀帝醒来时要起身，却怕惊醒董贤，就割断了自己的袖子。后来，人们便把男子同性恋称作断袖。

——生狎抱之亦不甚拒，遂私焉。

原文轻描淡写道。“私”无疑是指私通之意。

那少年从此自由出入顾生的住所，当然也和对面的姑娘碰过面。

“这女子生得美是美，为何不苟言笑呢？”

俊男爱美女，故此，少年暗自评价道。佳人一脸不屑，少年不由得心旌荡漾。凭着对自身样貌的自信，他想，只要自己主动出击，没有女人不坠入情网。

或许是读懂了男伴的心思，少年也知道顾生看上了对面的女子。

那姑娘的态度虽说依然很冷淡，却时常来看顾母。当时，女眷的主要工作是女红，于是，她代替视力衰弱的顾母缝缝补补，日日忙碌。从衣服到鞋子，什么都做，简直和儿媳没什么差别。

有一天，顾生来见母亲，母亲对他说：“方才邻家的姑娘过来，向我们要一点米，看样子几天都没有开锅了。那孝顺女儿啊，家里穷，真是可怜啊，你就帮帮她们娘俩吧。”

于是，顾生担着一担米，走向邻家。他敲开大门，转达了母亲的心意，那姑娘也并不客气，甚至连道谢也没道。

顾生心里很纳闷，不知她为何如此。第二天，像平常一样，姑娘又来了。顾母也觉得这姑娘的性格确实奇特，又不好说什么，只能感叹大千世界，无奇不有了。

话虽如此，但邻家女儿事无巨细，家中大小事都帮忙照料。顾生呢，只要有什么好东西，也必定拿过去馈赠给邻家。那姑娘依旧是一副毫不在意的模样。

有一次，顾母的大腿间生了恶疮，疼痛难忍，从早到晚不住地呻吟，邻家姑娘便时常来探望，每日三四次为她的伤口擦洗，换药。顾母心里很过意不去，但姑娘倒是全不顾脏累。

“哎呀，要是能娶到你这样的媳妇儿，我就了无牵挂，死也安心啦。”

顾母说完，便悲伤地哽咽起来，姑娘安慰她道：“你儿子那么孝顺，胜似我们家母女十倍百倍啊。”

“再孝顺有什么用，也不能像闺女一样床头床尾地伺候啊。我的日子也不多了，马上就是入土饮露之人，没有一日不惦记顾家传宗接代的事情啊。”

正说着，顾生走了进来，她又对儿子说：“这姑娘真是帮了大忙啊，人家的大恩大德你一定要记得回报。”

顾生听了忙跪在地上。

“你又何必如此呢，你不是也照顾了我的母亲吗，我可从来没谢过你，难道不是吗？”姑娘自始至终用平静的语调说道。

这么一说，确实如此。

顾生在感激的同时，满怀着深深敬意。他暗道，这女子绝非寻常，只有“奇女子”可以形容她了。在顾生眼中，她散发着迷人的魅力，可每当他想拉近他们之间的距离时，她的态度又会冷漠起来。

三

虽说每日碰面好几次，但姑娘对顾生总是视而不见，连个头也不点。顾生见她反正对自己视若无睹，反倒毫无顾忌地盯着她看起来。

不料有一天，顾生像往常一样盯着姑娘看，在她就要迈出大门时，忽然回首，对顾生嫣然一笑。顾生喜出望外，竟紧随其后，进了她家的大门。他开始任意挑逗，她竟未拒绝。

顾生得寸进尺，终于达成了心意，简直像做梦一样。

两人成了好事后，姑娘说道："这是第一次，也是最后一次。"

听罢，顾生只好哑然而归。

第二天，顾生心有所望，和姑娘搭话，而她却面带厉色，头也不回地走了。

一日碰面很多次，姑娘仍旧是若无其事的样子。那天两人之间，究竟算什么呢？顾生怀疑那只是自己的一场梦。

但那柔软的四肢，已被顾生的身体所记忆，他明白那绝不是梦。

他顾不得那么多了，上前去拉她的衣袖，却只得到冰冷的回应。

就在他心念已死之际，姑娘却在无人之处问他道："每日都来的那少年是谁？"

"是来买字画的，听说就住在邻村。"

"此人对我非常无礼，看他和你熟络，我才没有计较。你郑重警告他，今后不许再轻薄我。若是再犯，我就要他的狗命。"

那冷冰冰的声音掷地有声，想起来令人毛骨悚然。"要他的狗命"，不就是要杀了他吗？顾生不寒而栗。

那晚，少年又来了，顾生对他说："你要小心啊，不可对那一位下手。"

"你让我不要下手，你为何又下手呢？"少年回道。

"我并未下手啊。"顾生道。

"那你是怎知我对她下手的？"

这么一来，顾生便一时怔住，不知如何作答了。

少年继续说道："那你也帮我捎句话，让她不要和我摆什么小姐架子，否则我让她无法见人。"

顾生听了很气不过，脸涨得通红，那少年甩手走了。

几日后的一个傍晚，顾生正独坐家中，姑娘突然出现在他面前，"你我情缘未了，这是天意啊。"她笑着说。

顾生听了狂喜，猛地抱住了她。正当其时，传来一阵脚步声。二人吓了一跳，正要分开，门就被推开了，又是那个少年。

"你来做什么？"顾生问。

"我来看看这位贞女啊，姑娘，你也不过如此嘛。"他对着姑娘笑嘻嘻道。

姑娘面带红潮，眉头一皱，二话不说从上衣掏出一只皮袋，又从皮袋里拿出一把闪闪发光的匕首，足有一尺多长。

少年见了落荒而逃，姑娘从后面紧追出来，正巧四寂无人。

姑娘的匕首腾空飞出，倏的一声，划下一道闪亮的长虹。只听一声震动，什么东西落在了地上。顾生急匆匆赶来，看见一处白光，竟然是一只白狐躺在地上，已是身首异处。

"这就是和你要好的娈童，我本已饶恕他，他却不知死活。"

姑娘边说边将匕首装进袋子里。

顾生拉起姑娘的手，走进家门，她却甩开手道："那狐妖破坏了气氛，明晚再聚吧。"便出去了。

第二天傍晚，姑娘如约而至。

二人忘我地拥抱，久久地亲吻，疯狂地爱抚对方，最后结为一体。

原文用"绸缪"来形容，意思是说不留一丝缝隙，紧密地结合，极尽缠绵。

"你昨晚真是厉害，那是什么招数？从何处学来的？"

二人躺在床上，顾生问道。

"这不是你该问的，也不能告诉任何人，知道了对你没有好处。"

姑娘按住顾生的唇说道。

"那，我们成亲吧？"

"我们同床共枕，生米煮成了熟饭，我已成为你的妻子。既已是夫妻，还成亲做什么？多此一举。"

这番话，全不顾名分、礼法等表面现象，可以说是一种思想解放。近代中国的文艺评论中，都对此赞不绝口。这既是近代思想，又是原始观念。

但心急的顾生无法理解："是因为我穷吗？"

"你虽贫穷，但我也并非千金小姐，你我能共度今宵，也是惺惺相惜。”

“你若真是富贵公子，我也不会以身相许。”

分别时，姑娘说道：“我不想再做这苟且之事。想来的时候我自会来，不想来的时候，你就是求我也没用。”

话虽如此，顾生却做不到。每次见面，他都上前去搭话，姑娘总是倏然转身，不理不睬。而对顾家的缝缝补补，烧水做饭诸事，她又做得一丝不苟，比真正的儿媳还能干。

数月后，邻家母亲去世了。顾生帮着操办葬礼，尽力弄得体面一些。虽然还在服丧期间，不得不有所顾忌，但一想到姑娘独自在家，顾生还是忍不住翻过院墙，隔着窗户唤她，可完全没有回音。他从窗户望去，里面似乎没有人，门上上了锁。

（难道是和别人好上了？）

大概所有的男子，此时都会猜忌一番。为让姑娘知道自己来过，他走时把身上的玉佩放在了窗边。

第二天，顾生在母亲身边见到了姑娘，顾生刚走出家门，她竟急忙追了出来。以前她总是避着他，这次为何主动追出来呢?

（难道是那玉佩显灵了……）

“你是在怀疑我吧？”她追上来，唐突地问道，“……每个人都有不可告人的秘密，我虽然想解释，但现在不行……另外，我有件事急着找你想办法。”

“什么事？”

“我有身孕已八个月了，即将临盆。但我还没有名分，只能为你生下这孩子，却不能养育他。你悄悄告诉家母，找一位乳母，把这孩子收作养子。我的事情绝不能告诉任何人。”

这姑娘似乎是教养颇深，引用了杜甫《新婚别》中的句子：妾身未分明，何以拜姑嫜。这是新婚的丈夫即将出征，妻子送别之时的话。这句诗的意思是：“我作为妻子的身份还没得到承认，如何去拜见婆婆和小姑呢？”

四

顾生急忙把这件事向母亲坦白。

“那姑娘真是奇怪啊，让她嫁给你，说什么也不愿意，却和你……”

听说有了孙子，顾母大喜过望，连忙四处打听乳母，并开始准备婴孩儿的各种物品。

又过了一个多月，姑娘好几日都没来，顾母过去探望，果然，生了一个小婴孩儿。

顾母轻轻敲着邻家大门，姑娘终于来开门了。既未梳妆，也未洗脸，可以说是蓬头垢面。她说孩子是三日前她独自产下的，未请任何人帮忙。

那是一个男孩儿，天庭饱满，一脸福相。

“你为我这老不中用的生下了孙子，将来也无处寄身，有什么打算吗？”

顾母言道。

“我还有个未了的心愿，不能告诉母亲。您只要在今晚趁无人之时，把这孩子抱走就好。”姑娘答道。

那晚，按照姑娘吩咐的，顾家悄悄抱走了孩子。

几日后的一个深夜，顾家传来了一阵敲门声。

开门一看，只见邻家姑娘手中握着一只皮袋。

“大事已结，就此告别了。”姑娘说道。

顾生忙问她是何缘故。

“你对我母亲的恩情，我会时刻铭记。我曾经对你说过，我们没有下次。但与你同床共枕，绝不是为了报恩。那是因为你家境贫穷，迟迟未娶，我想为你留下后人，才这么做的。我原以为可以一索得男，没想到月事却如期而至。于是违反了戒条，旧事重演。现在我已报答了你恩情，也实现了志向，了无遗憾了。”她说道。

仅凭一次交合，得到男儿，在《易经》中叫作一索得男。会引用这样的典故，可见她的教养颇深。

“皮袋里面装的是什么？”顾生问道。

她用一贯的口气答道：“是仇人的首级。”

顾生扒开袋口一看，袋中血肉模糊，吓得他心惊肉跳，忙问她原委。

“我之所以对你隐瞒至今，是怕事有败露。现在大事已成，说出来也无妨。我乃是浙江人氏，父亲曾任大司马一职，由于仇人迫害，全家分崩离析。我背着老母逃出家门，隐姓埋名，躲躲藏藏地过了三年。未立即复仇，是因老母尚在。母亲亡后，我又有了骨肉，不得不一拖再拖。那天夜里我外出，就是为了打探仇家的路线和居所，好周密地策划。计划只能成功不能失败。”

说完，她便踏出了大门。

“事有败露”出自《易经》，“骨肉”出自《宋史》，指的正是子嗣。话说南宋的宋太后为元军追赶，她说我历尽艰难，都是为了宋王朝的骨肉。邻家姑娘正是效仿其道而行之，绝非常人。

顾生送小姐出门时，她似乎是为了令他死心，说道：“我所生之子，请你悉心培养。你虽福薄，也难长寿，但此子却能光宗耀祖。夜深了，我不便惊扰家母，就此别过。”

顾生悲伤万分，正要问她准备去哪里，姑娘已像一阵风似的，不见了踪影。

顾生站在那里，久久未离去，像丢了魂一样。

如同邻家姑娘所预言的那样，顾生福薄，难以长寿，果然，他在三年后便去世了。

而听说他的儿子在十八岁那年中了进士，还照料着年迈的祖母。

作者给主人公取姓为顾，却没提名字。邻家姑娘也只以“女子”作称。由于家道崩殂，她隐姓埋名，因此是位无名女主。于是作者蒲松龄给这篇文章定标题为“侠女”。

“侠”字有个单人旁，由四个“人”组成，中间的大字仿佛一只大手，抱着两个人。根据字典的解释，大意是“男子气概”“大丈夫”等，但从本篇可以看出，“侠”并不局限于男性。

——儒以文乱法，侠以武犯禁。（出自《韩非子》）

从反体制的出发点来看，儒与侠异曲同工。儒不知何时纳入了体制，侠却还停留在体制之外。

侠乃是墨子的精神，它的中心是不计报酬，救人于危难。

就像文中的侠女，见顾生贫穷，又无子嗣，便与他做了夫妻。

文中还有一位白狐美少年，也很符合《聊斋志异》的整体风格，他是本篇情节的一段起伏之处。

有位叫作何守奇的文人，评价本篇说：“司马家小姐，究竟从何处习得的法术呢？”读者们可能都想知道，但作者却未提起。

另外，有传言说，雍正帝的突然驾崩，是一位女刺客所为。似乎和本文有某种关系。

为报家仇，隐藏于世，私通生子，最终完成心愿，唐传奇中也有类似的故事。

李肇所著的《唐国史补》中，就记载过一个故事，大致是这样：一位长安人之妾，入门多年后，有一天突然不知所踪，结果在一天晚上，提了一个首级归来。她哭着告别丈君道："我是为报父仇，才寄居檐下，如今心愿已了，我要走了。"说完风也似的奔出了家门。过了一段时间，她又悄悄回来，割断了自己所生两个孩子的喉咙，再次离去。

唐代崔蠡的作品《义激》中，也有类似的情节。主人公是蜀国妇人，贞元二十年来到长安，第二年嫁人。元和初年报仇后，离家而去，走时同样杀害了自己的孩子，理由是："自己的母亲杀了人，孩子也不会令人喜欢。"都是悲剧的结局。

唐代薛用弱所著的《贾人之妻》这篇小说，可谓异曲同工。这家人丈夫叫作王立，娶了一位商人的遗妇。她为前夫报仇之后，放下五百锭金子，像鸟一样飞出了家门。不久，她又回到家，称临别前要给孩子哺乳，就进了屋，事后再次离开。那王立点灯回房一看，只见孩子已身首异处。

《聊斋志异》中的侠女，恐怕就是以这些传奇故事为底版的，而侠女的孩子后来长大成人，光宗耀祖，结果大相径庭。我想，很多人都想知道，侠女后来的去向吧。

第三话 不惧幽灵

一

这个故事是关于一个叫杨于畏的男子。

此人刚刚移居到泗水之滨。

由于泗水流经孔子的故乡曲阜，孔子的门徒又被称为“泗水弟子”。

杨生住在远离市井的偏僻之地，他的书斋面朝旷野，墙外尽是古墓。入夜，风萧萧兮白杨作响，宛若涛声。

深夜，每当他独坐灯火下，总有一种难言的心痛。同样是那样一个夜晚，墙外忽然传来吟诗的声音。

玄夜凄风却倒吹，

流萤惹草复沾帏。

那声音凄婉哀愁，反复吟诵着以上两句。仔细听来，像是女子的声音。

第二日，杨生出院察看，却不见有人的足迹，只在杂草中发现一枚紫色的带结。杨生拾起带结带回家，将它放在了窗边。

那晚二更，又传来和前一日同样的吟诗之声，杨生将椅子搬到窗前，踩上去眺望，那声音却戛然而止。

他意识到那是鬼魂所为，却忍不住产生了爱慕之情。

第二天，他趴在墙上等待，又是二更，一位女子从草丛后姗姗走来。只见她手扶古树，开始垂颈低吟。

杨生咳嗽了一声，女子竟忽然消失在杂草中了。杨生赶紧藏在墙后，隔着围墙，吟出下半句来。

幽情苦绪何人见？
翠袖单寒月上时。

日本的短歌，常有二人互对的创作。中国的绝句同样，也有这样的对仗游戏。一人说上半句，一人对下半句，而且必须上下押韵。

杨生等了片刻，没有反应。四周依旧寂静无声。当他回到屋内，坐在椅子上时，外面忽然走进来了一位美人，欠身道：“公子真是风雅之士，小女子方才一时惶恐，失礼了。”

杨生大喜，忙拉过她的手坐下。那女子身体消瘦，面带羞怯，一副弱不禁风的样子。

“你是哪里人？来此多久了？”杨生问道。

“我是陇西（甘肃省东南）人，曾随父亲四处流浪，十七岁那年暴病一场，离开人世，至今已二十年了。九泉荒野，寂寞难耐，只好作诗解闷。那句诗本是自怨自怜，只有上句，我一直未想到下句。今日公子对出了下句，我在九泉也感到甚是欣慰。”

杨生情不自禁，向她求爱。原文是：“杨欲与欢”，他想与这女子享男女之欢。

女子皱眉道：“我已是墓中枯骨，并非人世之人，若是触犯禁忌，必会折人寿命，我不愿看公子遭受不幸。”

听完，杨生只好作罢，到底是性命为重。

这种情形，可以用“幽欢”来形容，并不是字面意思的“窃喜”，而是指与幽灵交合。

杨生虽然放弃了与女子交合，但他忍不住用手探索着她的胸部，抚摸起来。

果然是“鸡头之肉”啊，他铭记在心。“鸡头之肉”来自《天宝遗事》中杨贵妃的一段逸事。一日，杨贵妃刚从华清宫温泉出浴，对镜梳妆，露出了一半酥胸。唐明皇（玄宗皇帝）把玩着，戏言道：“酥软温热，就像刚剥皮的鸡头实啊。”这时，一旁的安禄山插嘴道：“温软滑润，就像境外献上的奶酪一样。”杨贵妃听了笑道：“果然是胡儿（据说安禄山是伊朗与维吾尔的混血），只知道奶酪。”在半裸的贵妃面前说出如此露骨的比喻，安禄山也绝非寻常。从此，“鸡头实”便用来形容美人的乳房。鸡头实，是一种植物，学名芡实，果实酷似鸡冠。

抚摸了幽灵女的乳房，杨生便知道她是处女。

接着，杨生又要窥视女子的裙下，女子掩颜笑道：“你这狂生！太啰唣！”

狂生，意思是混蛋。啰唣，就是骚扰。

《聊斋志异》的注释中有：“该字字典中无”。而《水浒传》和《西游记》中也有用例，像是江南俗语。

日语大体是说：“你这浑人，不可胡来！”

女子虽不愿意，杨生却并未停下，竟又把玩起她的脚来。

古时候有缠足的风俗，想必幽灵女也穿着一双精巧的小鞋吧，那一定是男性们心仪的玩物。

只见那幽灵女的鞋子，一只是各色彩线结成的带子，另一只是紫色的带子。

“为何两只带子不一样？”杨生问道。

“昨晚被你吓跑，有一条不知掉在哪里了。”女子答道。

“好吧，我还你。”杨生从窗前拿过紫带，交给她。

“这是怎么回事？”

“其实……”

杨生说出昨晚之事，随手卸下彩带，换上了紫带。

二

吟诗之情，紫带之缘，使幽灵女与杨生越发亲密起来。原来，她的名字叫作连琐。“琐”是指小玉，连着小玉，这名字惹人怜爱。

连琐还是一个文学少女，她将杨生桌上的书翻来看去，发现一本《连昌宫词》，叹了口气道：“我还活在人世的时候，最爱读这本词，现在看着它，简直像做梦一样。”

《连昌宫词》乃是唐代元稹所作，叙述的是开元、天宝年间皇宫中的故事，与其挚友白居易的《长恨歌》并称为名作。

连昌宫中满宫竹，

岁久无人森似束。

又有墙头千叶桃，

风动落花红蔌蔌。

……

连琐低声吟着，那声音浸入杨生的肺腑。

如此，二人谈论着诗文。西窗下，聪明可人的连琐一面修剪灯芯，一面说话，直至天明。

“义山（晚唐李商隐）有诗云，何当共剪西窗烛……”

连琐聪明伶俐，杨生仿佛得了一名红颜知己。

那以后，每晚，只要听见轻轻的吟诗声，片刻后，连琐就会出现。

“公子不能告诉任何人，我有一点担心，怕有坏人来生事。”连琐悄悄说道。

其实杨生也未打算告诉别人，因为他把她视作自己的宝物。

二人从此如胶似漆，可以说是如鱼得水。虽然没有越过最后的防线，但关系早就超过了画眉之亲。

据《汉书》中《张敞传》记载，张敞任都知事之时，曾因为妻子画眉，受到非议。面对皇帝的问询，张敞说道：“夫妇房事，不止画眉。”听此，众人作罢。

从此，“不止画眉”，便成为男女肉体关系的雅语。话说杨生顾忌性命之危，不敢与幽灵女越过雷池，但爱抚缠绵，却已到达了极致。

其实，连琐还很擅长围棋，弹琵琶也是一流的好手。由于杨生在这些方面都不擅长，她便总让着他。为此，杨生特地买了棋盘和琵琶。

要说二人共同的兴趣，那就是文学。连琐喜欢写字，而且字体周正，那笔法看了令人赞叹。

虽然住得偏僻，杨生也是与人有往的，朋友偶尔会来家中拜访。连琐只要一闻人气，便能够立即消失，所以尚未有任何人发现。

不料一日，当杨生正在午睡的时候，有个姓薛的朋友来看他。因为相当熟悉，他不请自入。环视屋内，他不由纳闷起来。

薛生知道，琵琶，棋盘，杨生本对这些全无兴趣的啊。他把桌上的书全部翻了一遍，发现一张抄写着宫词的纸，一看字迹，并不是杨生的。

薛生一直等到杨生醒来，才问他道：“你屋里怎会有棋盘呢？”

“我想学习学习。”杨生答。

“那谁来教你呢？”

“自己看棋谱学啊。”

“那琵琶又是谁的？”

“也是正打算学，可有好的老师吗？”杨生一脸尴尬道。

“你忘了吗？我那时说要教你琵琶，你和王生他们，对我满口冷嘲热讽，说什么听了那种声音，简直要吐。都是谁说的？”

“那是王生说的吧……”

“好吧，姑且不论，这又是什么？”

薛生把宫词在他面前晃了晃。

“那是朋友借给我的。”

他没想到，最后一页，竟用小字写着，某年某月某日，连琐书。

“这一定是女子的字，连琐到底是谁？”

在薛生紧迫的追问下，杨生答不出来，薛生便道：“你当我是朋友吗？”说完抢走了宫词。

那可是杨生的宝贝。

“快还给我！”

薛生见他急得哭求起来，便更为严厉地诘问。杨生终于动摇了，或许在他内心深处，也想对他人炫耀自己有连琐吧。

“实际上……”

他将连琐的事和盘托出。

“我也要见那女子，你一定让我见见她。”

薛生是个说一不二之人，杨生这下犯愁了：“我和她有不可违背的约定，她的事绝不能告诉别人。你就放过我吧！衷心请求你。”

“我也衷心请求你，无论如何让我见见她。”

杨生虽然不怕鬼魂，却有些懦弱。

那晚连琐来时，他告诉连琐，薛生想见她。

连琐生气道：“我和你一再约定，你却全告诉了他！”

杨生只好反复解释，连琐却听也不听，转过身道：“你我之缘，到此结束。”

杨生忙求她，说怎么惩罚都可以，就是不要离开我。连琐却未息怒，起身道：“总之，我暂不会再来。”对他辞别而去。

三

第二日，薛生来访，杨生传达了连琐不想见面一事，对方却不讲信用。

“好，那我就在这里等，一直等到她出来。”

那晚薛生带着另外两位同窗友人，闹了一整晚。与其说他们想见女人，不如说是来捣乱杨生的会面。

如此，每天晚上都是一无所获，朋友们也折腾累了，便安静了好几天。但仍有几位担心幽灵女会突然出现，每天晚上仍守在杨生家里。

一晚，终于传来了吟唱之声，那声音甚是轻柔凄美。薛生通晓音律，只见他竖着耳朵一动不动，仿佛丢了魂儿一般。但与他同来的王生则非如此，此人以习武为业，不能容忍鬼魂出入，便举起一块大石，投向那声音传来之处。

“不许耍花样！也别给我拽文！都是些唬人的玩意儿！听得我只想吐！”他破口大骂道。

吟唱戛然而止。在场之人都为王生的野蛮行为感到愤慨，尤其是杨生，他愤懑难忍，怒视着王生，场面非常尴尬。第二天，朋友们都各自散去了。

杨生独坐在窗前，暗暗希望连琐能出现，但她却不再见他。

两日后，她终于露面了，却是来宣布诀别的。

“你将为你的不义之友付出代价，如我上次所说的，你我缘分已尽，就此别过。”

杨生一心想挽留她，却没有用，连琐说完就消失了。

过了一个多月，她再也没出现。杨生思念成狂，转眼瘦得皮包骨头，每天无所事事。

人世间，杨生失恋于幽灵女，烦恼，苦闷，骨瘦如柴。黄泉下，连琐也面临着各种苦恼。

话说，一个出身不明的猥琐小人，在地府跑腿，竟要强迫连琐做小妾。

连琐非常烦恼，自己好歹也是正经人家的小姐，家世清白。“家世清白”是指连续数代没有罪犯或宦官的家庭。在官府任职期间，也是堂堂正正，毫无污迹。此种家庭出身的人，都当引以为傲。试问这样人家的小姐，怎能甘愿做衙役之妾呢?

——岂屈身舆台之鬼。

连琐苦无对策，只好找立下绝交之词的杨生想办法。

一日，当杨生对酒独饮，连琐拨开帷幔，走了进来。杨生大喜过望，自不必说。

“你原谅我了？”他冲上前去。

连琐只顾着哭泣，一句话也说不出来。

“到底怎么了，你说话啊！”杨生追问道。

她想说什么，但欲言又止。

过了一会儿，终于断断续续地说道：“明明是我负气而走，现在有了难处，反而有求于你，我实在开不了口……”

杨生一遍又一遍催促她，她终于说出了冥界之事。

“我宁可死也不答应，但毕竟是女儿家，能抵抗多久呢……如果你真念着我们的情分，是锦瑟之缘，也不会容忍我被那瘪三强娶吧……所以我才找你……”

她话未说完，杨生马上大吼道：“畜生，舆台亡灵，看我不杀了你！”

舆台，指下等，是当时的等级用语。

《春秋左传》中有云：王臣公，公臣大夫，大夫臣士，士臣皂，皂臣舆，舆臣隶，隶臣僚，僚臣仆，仆臣台。以此类推。因此，舆是士大夫的最低层，而平民阶级的最下层就是台。舆台放在一起，就是下流混蛋的称呼了。

杨生虽不胜愤怒，说要杀了此人，但他毕竟是人世之人，杀不了亡灵。

——人鬼殊途。

也是无奈。

“明晚你早些睡下，我在梦中迎接你。”连锁说道。

后来，两人谈话直至天明。分别时，连琐说：“你且昼眠，好待我晚上接你。”

有的版本里在“昼眠”前加上了“勿”字，意思是勿睡午觉，等待夜晚到来。幽灵女既然让杨生晚上早睡，这里就可以解释为不要睡午觉的意思吧。

且说那日下午，杨生喝了点酒，趁着醉意上了床。

连琐果然出现在他梦中。她交给他一把佩刀，牵着他的手，走进一座房子里。他们关上大门，刚嘀咕了两句，便听到有人用石头叩门。

连琐吓了一跳，说道：“那家伙来了。”

只见来者是一个头戴红帽、身着青衣、没胡子的男子。赤帽青衣，的确是阎王手下当差小吏的打扮。

“下等小人！”杨生大叫道。

只见那男子怒目圆睁，也向他怒吼了一句。杨生大怒，要跳起来杀将过去。不料，男子拾起石头，一个接一个猛投过来，速度快得惊人，如同石雨一般。石头打中了杨生的手臂，虽然他手中拿着连琐给的佩剑，但被击中的手臂使不上力气。

在此危急时刻，远处奔来一人，腰背箭袋，像是在狩猎。仔细一看，那人竟是武者王生。

“喂！快来助阵！”

听到杨生的呼救，王生撑开弓奔了过来，射中了男子的大腿。接着他又发出一箭，男子应声倒下。

“这是怎么回事？”王生射倒男子后，问杨生道。

杨生向他解释了事情的来龙去脉。

“哎呀，太好了，上次我心神混乱，举止粗暴，这次算是赎罪吧。”王生听了大喜道。

上次的粗暴，是指他投出大石，惊吓了连琐一事。当时不仅是杨生，就连薛生也训斥了他。王生因此没趣儿了好些日子。

二人来到连琐房中，连琐由于受到惊吓，一言不发。

“哎呀，真是件宝物。”

王生看见桌上的短刀，忍不住凑了上去。作为习武之人，他甚爱刀剑。那刀长约一尺，刀鞘上镶嵌着金玉。王生拔刀出鞘，只见那刀刃寒光闪闪，可鉴毛发。

连锁仍旧惊魂未定，显得羞羞怯怯。王生与杨生交谈了一阵，便走出屋子。

杨生跟在他后面，也出了屋。就在他要走出院子时，突然一头倒下。

四

原来是一场梦。

这时，农家的鸡鸣声从四处传来，杨生蒙眬中只感觉手臂作痛，仔细一看，出现了一处红肿，正是梦中被石块击中的地方。

午间，王生前来，纳闷地道：“哎呀，我昨晚做了一个不可思议的梦啊！”

“你在梦中可是射箭了吗？”

王生听了大惊：“你怎么知道？”

“你看看。”

杨生卷起袖子，亮出手臂，讲了自己的梦。

“原来如此，我虽救了你们，仍觉得很可惜啊，没有看清幽灵女子的面目。我既然救了她，可否让我再见见呢？”王生求情道。

“好吧，我问问她。”

那晚，连琐前来道谢。

杨生说昨晚多亏了王生相助，能否见他一面呢？

“他救了我，我自是高兴，这份情义没齿难忘。但我自来害怕粗鲁之人……”她面露难色。

过了一阵，她说道：“那位仁兄似乎很喜欢我的匕首，其实那是我父亲去广东寻访时，花千金买下的。我甚是喜爱，于是用金丝刺绣，并镶嵌了珍珠。父亲见我年少离世，甚是可怜，就把匕首放进棺木，一同殉葬。我对它视若珍宝，就送给王生吧。告诉他，见刀如见人。”

第二日，杨生将此意转达给王生，王生听了别提有多高兴。那晚，连琐怀揣着宝物，交给杨生道：“请让那位务必珍藏好此物，这并非中土之物。”

“明白，就算我不说，那小子也会视为珍宝的。”

就此，冥界之烦扰告一段落。

之后，一如往昔，连琐又开始出入杨生的居所。

大约过了数月，连琐竟然开始从阳光下含笑走来，面色红润。但她欲言又止，说不出话。如此反复多次，杨生抱她入怀道：“这是怎么回事？”

“我想……是因为长久来蒙公子怜爱，我汲取了人气，加之每日食用人世的火烹之物，虽已死去的我，开始恢复生气了……以此，如果有人能授我精血，我就可以起死回生。”

生者的精血，正是指阴阳交合。

“是你曾说不可如此，否则我绝不吝惜自己的精血。”

“但是，与我同房后，你将大病二十天，需以药物治愈。”她说。

于是，二人开始了首次的交合。像每晚做爱时一样，他们从前戏的爱抚开始，首次同房自然而然，一气呵成。

事毕，连琐穿衣起身道：“我还需要一滴生者之血，你若真心爱我，可否忍痛片刻。”

杨生道：“没问题，什么痛我都能忍。”

说罢，他用利器割伤自己的手腕，流出血来。连琐平躺在床上，将杨生之血从脐部吸入。

最后，她起身道：“我将不会再来。百日之后，我墓前的树上，将有青鸟啼鸣。到时，你要立即挖开墓冢，切记。”

杨生自然铭记在心。

她走出门时，又叮嘱道：“要记住时机，不可早一刻，也不可晚一刻。”

十日后，杨生果然得了重病，腹胀不堪，看上去命将不久矣。他请大夫开了药方，吃下一种泥般的污物，十多日后便痊愈了。

他仔细地数着日子，到了百日，就雇人带着铲子，等在连锁的冢旁。日暮时分，果然看见两只青鸟在树上啼鸣。

杨生大喜过望，叫道："时候到了！"

斩草除棘，破土掘墓，只见棺木已朽，女子的容颜却宛若生者。杨生用手指轻轻碰了碰，感到她有微弱的体温。包好女子的身体，抬回家后，杨生把她放在温暖的地方，发现她气若游丝。喂了几口热水，彻夜守候，她终于醒了。过了许久，连琐对杨生说出那句她常说的话：

——二十余年，如一梦耳。

现代出版的《聊斋志异》中的故事，大多是以连琐的这句话作为结尾。其实蒲松龄的原作，本句后还有几句结语，在王渔洋定本的时候，被删掉了。或许在连琐的话后无论添加什么内容，都是画蛇添足吧。

作为决定这个结尾的当事人王渔洋，在作品结尾评论道："意犹未尽，甚妙。"

他所大加赞赏的，不正是这种心情吗。

亡灵把遗骸留在地下，化为人现形世间的故事不胜枚举。

例如，由长安西明寺初代住持释道世（596年—683年）

所著的《法苑珠林》，就记载了北海太守徐玄方的女儿死而复生的故事。死而复生当然不能没有人依靠，据说她就是出现在广州太守之子冯马子的梦里，成为他的妻子，才实现的。

《聊斋志异》里的杨于畏，为此大病一场，身受磨难。而冯马子连滴血都未滴，只是供奉了些红公鸡、黍饭、清酒等贡品而已。连琐的复生等了一百天，而徐玄方的女儿则指定自己生日那天作为复生之日。她在复生后两百天内要拄着拐杖走路，后来才渐渐恢复精力，生育了两男一女。附记有云：长子元庆后来当了尚书郎，次子敬度后来做了太傅丞，女儿嫁给了济南的名门刘子彦。

由于徐玄方女儿的故事收录在宋代《太平广记》中，蒲松龄必定读过。

本篇中的人物，对幽灵毫无惧怕，这一点也使我深感惊讶。

第四话

公孙九娘

一

清顺治十八年（1661年），山东有名于七者制造了一场动乱。

清朝始祖努尔哈赤之孙顺治帝，进入山海关，君临北京，成为清朝最早的皇帝，即位之时不足五岁。他崩于顺治十八年正月，年仅二十四岁。

清朝年号沿袭了中原的纪年法，皇帝驾崩之年年号不变，从第二年开始改元。所以顺治十八年其实是康熙帝治世第一年，而康熙帝当时只有八岁。

关于顺治帝之死，如第二话《侠女》所述，街头巷尾流传着各种奇妙的说法。据说他并未离世，只是因为失去了心爱的董贵妃，过于悲伤，去五台山清凉寺出家了。他废掉了幼时所立的皇后，让董贵妃入主后宫，此钟爱热爱之情，宫廷内外无人不知。董贵妃死于顺治十七年八月，顺治帝驾崩，在此后不到半年。

清军入关后不到十余年，以吴三桂为首的汉族将军表面上归顺清朝，但他们坐拥大军，对清政权来说是极其不安的因素。南海的国姓爷郑成功，也举起了反清复明的大旗。

皇帝年幼，清朝的基础绝不甚稳固，而清朝统治阶层却对人民施行了恐怖政策。

郑成功虽在台湾高举义旗，他的父亲郑芝龙却投靠了大清。政府通过他父亲劝说郑成功归顺，国姓爷却坚不肯从。

顺治帝刚刚驾崩，清政府便做出决定：诛杀郑芝龙以及在京的郑氏子弟。

诛杀降者，人人震惊。

由此，山东于七（清政府的记录称之为土贼）在栖霞县岠嵎山作乱，清政府又施行了残酷的镇压。

朝廷任命军人出身的刑部尚书、满族的济世哈为靖东将军，包围了于七的山寨，实行歼灭作战。

不仅是山寨中人，只要出现在军中之人全都要杀戮。不论男女，不问老幼，格杀勿论。他们甚至有时集结数百名俘虏，在习武场逐个杀害。有人形容当时的情景：

——碧血满地，白骨撑天。

在当时，饮恨而死之人的血，被称为碧血。

上官痛惜死者，捐赠棺材，济南的伐木场木材紧缺。于是死者大都埋葬在栖霞县南部。

在不计其数的死者中，属栖霞与莱阳两县人居多。尽管如此，故事却没有结束，据说，于七和一个叫唐赛儿的妖妇跳入了大海。

讨伐于七的济世哈，于翌年——康熙元年五月凯旋，却在三个月后，即八月身故。

“他是被山东被害的亡灵所杀。”

人们议论纷纷道。

于七之乱平复后十二年，即康熙十三年（1674年），一个生于莱阳的秀才来到了济南。

秀才，是指考入科举乡试之人，也就是县、州、府考试的合格者。原则上他们仍然是学生，所以称为秀才。话说秀才有众多亲友当时在动乱中被害，于是他买了纸钱，去墓前祭奠，随后步行，返回借宿的寺院。

翌日，他外出办事，有一名青年来访。不见秀才，他便摘下帽子，穿着鞋在床上仰面而卧，睡起觉来。

有小厮来问话，他也闭着眼睛不答应。

秀才回来时，正值暮色朦胧之时，难以辨物。他走近床边，询问他的客人。那人睁开眼睛，以为还是方才的小厮，道：“我在等你的主人，你怎么这么啰唆，我看起来像坏人吗？”

秀才笑道：“主人就在这儿呢。”

听罢，青年慌忙戴上帽子，恭恭敬敬地行礼。

秀才觉得声音耳熟，赶紧点灯来看，竟然是同村的朱秀才。朱秀才明明死于于七之乱了啊！秀才吓得要逃走，朱生劝阻他道：“你我有对诗之交，你怎会如此无情？我虽已是鬼魂，但时刻都惦念着旧友之情啊。如今，我有求于你，难道你嫌弃我是个亡灵吗？”

秀才坐下道：“好，你说吧。”

本文的主人公始终是“秀才”，而幽灵姓朱。

原来这个幽灵是为了婚事来的。话说尚在世间的秀才有个外甥女，其母早亡，在秀才家中抚养长大。十五岁那年，她想回到父亲身边，却遭到了动乱。好容易来到济南，却听说父亲已被处决。她由于受惊过度，死去了。

既已离世，她就是鬼魂。而同为鬼魂的朱生，看上了这位外甥女，想同她成亲，于是要请秀才做媒。

“没有长辈的认可，不可嫁人。”

外甥女不同意婚事。

“说到长辈，她的父亲也已身故，想必也在灵界，为何要找我这个做舅舅的呢？”秀才问。

“她的父亲已被外甥改葬，不在此处。”朱生答道。

“那我家外甥女又是由谁照顾呢？”

“她和邻居大婶住在一起。”

原来如此，可现世之人能做亡魂的媒人吗？秀才非常纳闷。

原文把亡灵的媒人称作“鬼媒”，鬼就是亡灵，不属于这个世界。评论《聊斋志异》的冯镇峦反复论证，并且不无讽刺地道，做灵界的媒人，根本不可能。总之，鬼媒本身就是鬼，秀才也无必要感到纳闷。

“你就帮我这个忙吧。”朱生抓住秀才的手道。

“去哪里呢？”秀才有些不乐意。

“总之你一定要来啊。”

二

此处向北一里之外，有一座村庄，朱生把秀才带到了一户人家。出门迎接的老婆婆说屋里太小，只请秀才一人进去，让朱生在门外等候。其实屋里并不是太小，只是朱生一再来提亲，婆婆心知肚明，觉得让他进来不方便罢了。

这位外甥女是秀才姐姐的女儿，母亲去世后，由母亲的娘家，也就是秀才家来抚养，可以说是一家人。二人见了面，说了很多家中之事。秀才告诉她，除了自己的妻子去年过世之外，其他人都还健朗。

外甥女抽泣道："舅母对我甚是疼爱，我还没来得及报答，就意外地先她而去，心中有无尽的遗憾。去年伯父家的表兄，将父亲遗骸迁走，将我一人丢下，我就变成了无家可归的秋燕。只有舅舅未曾抛弃我，给我送些用度，我已经收到了。”

秀才烧的那些纸钱，正是送来冥界的金银。

因外甥女从小在母亲娘家长大，和父亲的家庭疏远，所以伯父只改葬了自己的弟弟，而丢弃了他的女儿。

秋燕，是指同伴们全都飞走了，只剩下她孤零零的一个人。由于秀才的外甥女是文学女青年，所以使用了这一比喻。此语出唐代诗人杜甫，他曾经用“秋燕”“晚蝉”来表现孤独之情。

最后，秀才说出了朱生提亲一事，外甥女便低头不语。一旁的婆婆代她说道：“外面那一位一再来提亲，我也觉得是一份良缘，可姑娘一定要得到舅父的应允，否则就不肯答应。”

婆婆刚说完，进来一位十七八岁的女子，带着一位青衣侍从。发现秀才在屋里，转身要回避。外甥女忙拉住她的裙角道：“姐姐莫逃，他是我的舅父，不是外人。”

于是女子赶紧和秀才打招呼。

“这位是栖霞县的公孙九娘，”外甥女介绍道，“她虽然家境殷实，但现在也是穷波斯，生活和我一样不如意，我们经常往来。”

公孙是复姓。中国有不少姓“诸葛”“欧阳”“司马”复姓之人，“公孙”也是其中之一。《三国志》中就有公孙瓒、公孙渊等姓公孙的英雄登场。汉武帝时代的宰相公孙弘，在历史上也非常有名。

九娘是家族中的排名，大体是根据祖父家族谱顺排的，即是在堂姐妹中的排行。杜甫被称为杜二，就是排行老二。李白则是排名第十二。公孙九娘，在公孙家是第九位姑娘。

关于“穷波斯”，《聊斋志异》的评者吕湛恩注道：未详。也就是不明其意。另一位实力评注家何垠则认为，“波”是跑的意思，“穷”则代表奔忙。

其实只看字面意思，解释为“贫穷的波斯人”就可以。当时，有很多类似的表达方法，都是以“不可能发生”的情况做比喻，就包括了“贫穷的波斯人”。领导“丝绸之路”商队来中国的波斯人，都是富豪，所以根本不存在“穷波斯”。另外还有“瘦子大力士”“无须阎王”等说法，也是相同的例子。由于栖霞县公孙家是世家，家财万贯，自然没有贫穷的道理，所以这里大概是说她在冥界贫穷的意思。

话说，那公孙九娘是个绝世美女，原文用“天人”来表现，秀才已被她的美貌吸引，目瞪口呆了。

“到底是大家闺秀，蜗庐人家哪有这般漂亮的姑娘。”他忍不住说道。

蜗庐，指的是像蜗牛壳一样狭小拮据的家，带有像

“茅舍”一样的感情色彩，常用于对自家的谦称。

“不仅是美貌，她还是个文学女学士呢，很擅长吟诗，昨日还教我来着。”

“你这小东西，突然在人前丢我的脸，好让舅父笑我吧？”公孙九娘道。

“自从舅母过世，舅父还未续弦吧？这个姑娘怎么样？可中意吗？”外甥女笑道。

“断弦未续”，指的是妻子亡故，尚未再娶之事。

“你这丫头，莫不是疯了吧？”九娘笑完，忙逃走了。

其实舅父的神情，外甥女已有觉察：“九娘论容貌才华，无人能及，如果舅父不嫌弃我等这不洁之地，明天我就去请求她的母亲。”

听外甥女这么说，秀才自然喜不自禁。可是人鬼殊途，他不免有些担心。

“此事无须顾虑。”外甥女道，“她和舅父之间，有上天的命数。”

送走舅父时，她吩咐他五日后来迎娶九娘。

三

秀才出门后，却不见了朱生的身影。他踮起脚，看见西方露着月牙，月光下，隐隐约约有一条小路，正是来时之路。接着，他看见南面的一户人家门口，坐着一个人，那人站起来指着家门道："我等你好久了，来我家坐坐吧！"

自不用说，那人乃是朱生。他拉过秀才的手，引他进了家门，恭恭敬敬地表达了感激之情。还拿出一锭金子和晋珠百枚道："没有什么值钱的东西，请你收下吧。"

朱生还想拿出酒招待秀才，秀才客气地推辞，回到了借宿的寺院。

五日后，在明月高悬、夜深人静时，朱生果然来了。

不知五日之间发生了什么，朱生穿戴整齐，手握折扇，显得非常兴奋。他走入院中，恭敬地行礼问候，多少有些迫不及待地笑道："你的彩礼已经准备好了，今夜就是婚庆，快走吧！"

"我还未得到消息，提亲的程序也没结束，怎么能说今夜成亲呢？"

"哎呀，这些就交给我吧！"

似乎在冥界，一切都从简了。

秀才深深地谢过朱生，便和他一同去了新房。只见外甥女穿着很隆重，笑脸相迎。

秀才问她何时成亲的，朱生代为答道："已经三日了。"

当时秀才用了"何时于归"这个说法，是结婚的意思。《诗经·周南》有云：

> 桃之夭夭，
> 灼灼其华。
> 之子于归，
> 宜其室家。

按照古代的观念，女性本属于夫家，成人之前只是借住在父母家。所以结婚后去了夫家，用"归"来表现。

秀才将朱生交给他的聘礼取出来，交给外甥女。外甥女再三推辞，只好收下了。这是形式。彩礼方面明明恪守形式，婚后却把彩礼退还，冥界到底是无视人世的惯例啊。

外甥女怀抱着珠宝说道："我已将舅父的意愿转达给公孙老夫人，她非常高兴。但是老夫人没有其他骨肉，不想让九娘远走。所以，今晚，请舅父入赘做她们的上门女婿。家中无男丁，她想请你和她们住在一起。"

在新娘的吩咐下，朱生负责领秀才入门。

就在离村庄不远的地方，有一户人家敞开着大门，二人走了进去。

只见，在两名青衣侍女的搀扶下，公孙老夫人款款走来，秀才忙要行礼拜见。老夫人道："我已是老朽，不拘礼仪，形式就免去吧。"说罢吩咐侍女们准备宴会。

朱生也叫来家人，另备了佳肴，摆在秀才面前，还端来一壶美酒助兴。

宴会的形式和现世大体一致，唯一的差别就是，主人只是举杯自饮，而不对客劝酒。

宴会结束，朱生回家，侍女们领秀才来到洞房。

华烛之下，九娘静坐着等候。千载良缘下，两人情意绵绵，欢爱和睦，极尽缠绵。

只是九娘在谈及身世的时候，不由悲伤起来。

原来九娘母女，是在被押送去京城的途中离世的。当时经过济南，路途困苦，她母亲不堪忍受，便死去了。九娘为了追随母亲，也刎颈自尽。追忆往事，她泣不成眠，吟出两首绝句：

昔日罗裳化作尘，
空将业果恨前身。
十年露冷枫林月，
此夜初逢画阁春。

白杨风雨绕孤坟，
谁想阳台更作云？
忽启镂金箱里看，
血腥犹染旧罗裙。

诗中情绪虽很寂寞，但第一首诗的结尾，说自己总算迎来了晴朗的春天，表达了喜悦之情。“画阁”是指涂上彩色的楼阁，和“华烛”（装饰华丽的蜡烛）表现手法一样。这首诗从开始深棕色的背景，突然转换为了华丽的色彩。

第二首诗的结尾也出现了强烈的色彩感，那就是染红薄裙的鲜血。

“阳台”，亦是形容艳丽的词汇。昔日楚王游高唐，睡午觉时，在梦中与妇人做爱。妇人离去时留下一首诗：

——妾在巫山之阳，高丘之阻。旦为朝云，暮为行雨。朝朝暮暮，阳台之下。

中国古代故事中，提到男女之事，多用“巫山云雨”，或者“阳台之云”来表现。只说有了“云雨之事”，对细节一笔带过，留给读者自己想象。

第二首，起句的“风雨”用“云”来承接，加强了“阳台”的想象。进一步，开头的“白杨”，与结尾的“血”形成鲜明对比，凸显了浓重的色彩。

镂金箱也有一段典故。中唐人欧阳詹曾收到一位太原妓女的赠诗：与你分别后，我面容憔悴，一半是因为对你的思念，还有一半是对你的怨恨，如果你想了解我的过去，“为奴开取镂金箱”，作为了结。

镶着黄金的箱子，也叫作玉手箱，里面放着肖像画等贵重之物。这里提到的这只箱子，是收藏重要回忆的箱子，里面存放着妓女自杀时血染的衣裳。

天快亮时，九娘催促着秀才：“你快回去吧，别惊动了小厮们。”

秀才便急匆匆地走了。晚上，他又来和九娘相会。每日如此，他的心早已被九娘俘虏。

四

殊不知人鬼殊途，终须一别。

秀才的外甥女与那朱生，怎么说都是鬼魂，而九娘和秀才，毕竟属于两个世界。

一晚，九娘悲伤地道："我本是十里幽魂，无所依靠，只有母女两人相依为命，说出来便心酸。念在你我夫妻一场，请你替我收回尸骨，葬在你祖上墓下，我便百世有所依靠，我将永不忘记你的大恩。"

听此，秀才吃了一惊："你要与我分别！"

"人鬼殊途，此处不宜久留。"

九娘说完，将自己的绢袜送给秀才，流下了离别的眼泪。

秀才大受打击，哭丧着脸，怀着受伤的心，不忍离去。于是，他敲响了朱家的门。

朱生不知是何事，光着脚就出来开门。外甥女也跟着起身了，耷拉着云鬓。一开始，无论他们怎么问，秀才只是叹气，不发一言。后来才终于说出九娘的事。

“就是舅母不说，我也时常惦念，这里并非人世，确实不可久留。”

他们相对哭泣了许久，秀才才含泪而别。

回到寺院后，秀才自是辗转难眠，一整晚在床上翻来覆去。

离别之苦，痛心难忍。

由于过度悲伤，在离别之际，他的头脑无法思考，忘记了一件重要的事。不要说秀才，连九娘也忘了。

那就是收回遗骨。

秀才曾答应过九娘的请求。

但最重要的是遗骨在哪里呢？秀才没有问，九娘也没有说。

秀才来到南郊的墓地，这里有数不清的墓。墓碑上刻着文字，有的尚可以读出，而大部分已无法读出。经过了十多年，墓园疏于打理，荒草丛生。

好不容易，秀才才想起九娘曾居住的村落的名字，幸好问起过她。

“那村子的名字，叫作莱霞里，因为莱阳和栖霞两县之人多葬在此处。”九娘是如此回答的。

此前，从人间到莱霞里只有一步之遥，无须刻意寻找。而如今，无论怎么找，也找不到通往村落之路。

看来那个世界，已经远去了。

说不定是因为白天不好找，夜晚或许能够发现呢？这一次，秀才盘算着，在夜里出了门。

但仍旧没有找到莱霞里的入口。

“麻烦了！”

秀才后悔莫及，也不好问旁人。

冥界的入口究竟在哪里？

去问旁人，他们一定认为自己精神有问题。

和九娘的联络已经完全断绝，只剩下临别时她脱下的绢袜。秀才拿出绢袜，轻轻打开，心中怦怦直跳。这是唯一的线索了。

那绢袜着实轻薄，屋内本无风，就在他要打开袜子的时候，竟吹来一阵清风。秀才想是不是因为自己心跳加速，才招来的风呢。

接着，只见那绢袜见风便裂为碎片，瞬间化为了灰烬。

与九娘的联系，彻底灰飞烟灭。秀才简直就像打开了玉手箱的浦岛太郎。

秀才收拾好行装，准备东归。

过了半年，他相思难耐，又回到了济南。他希望能和九娘再次相见。

到达南郊之时，正逢日暮西山，他在院前大树下歇马，独自前往墓园。

放眼望去，墓园里尽是墓碑，不计其数。荒木遍地，杂草丛生，令人头晕目眩。鬼火闪烁，狐鸣声声，秀才只觉得心惊胆战。他返回了旅社，再也无心走动，便启程东归。

走着走着，远远看见一个女子独自在墓园中行走。奇怪的是，那体态神情，像极了九娘。秀才挥鞭上前，仔细一看，果然是九娘。他连忙下马，想要和她搭话，女子却视而不见地继续前行。又追了一段，只见那女子面带怒色，用衣袖掩面。

秀才顺势喊道："九娘！"

不料，眼前的女子像一阵青烟，飘飘然消失了。

作者蒲松龄在《聊斋志异》每篇章节后，都注有"异史氏曰"，随后加以简单评论。

恐怕正是效仿司马迁在《史记》中使用"太史公曰"来陈述自己的意见的方法。

公孙九娘故事的结尾，异史氏评论道："公孙九娘岂以负骸骨之托，而怨怼不释于中耶？脾膈间物，不能掬以相示，冤乎哉！”

脾膈间物，指的是脾脏和横膈膜之间的东西，其实就是心脏。说明九娘无法把心中冤屈掏出来示人。

屈原投汨罗江，也是怀着一腔赤诚之血，到死也未能得到楚王的理解。

《聊斋志异》的评论者但明伦曾有这样的意见：当秀才再次返回济南，希求一见，他确实见到了九娘。九娘当时告诉了他一个叫作“埋香”的地方。至于面带怒色，衣袖掩面，可能是女学士特有的脾气，意思是秀才之错不可饶恕吧。

但是，根据梓园的评论：秀才没有询问最为重要的埋葬之处，被九娘视为不可依靠之人，也是无奈，绝对不冤。

同为人鬼之恋，连琐最后结局圆满，公孙九娘却是以悲恋告终。

大概镇压于七之乱惨绝人寰，于是与此相关的故事，无论如何也都是悲剧吧。

其实在于七之乱前，顺治四年也同样有类似的叛乱，那就是谢迁之乱。举兵地点是距离蒲松龄的故乡淄川县大约五十公里的高苑。谢迁等人不到一个月就占领了淄川县，当时蒲松龄年仅八岁。清朝派遣山东胶州总兵官海时行，实施了毫不留情的镇压。

于七之乱从第二年开始，持续十四年之久，如前所述，于顺治十八年彻底平复。虽然同属于山东省，但于七之乱发生的地点离蒲松龄居住的地方相距甚远。但毫无疑问，淄川也受到过各种影响。比如从莱阳和栖霞附近押送来的叛徒队列，蒲松龄或许就见过，因为淄川是通往省城济南的必经之路。

作品中提到，亡灵们居住的地域叫作莱霞里，回到人世的秀才，曾拼命找寻通往那里的路途。而据民国的《莱阳县志》中记录，省城南关的荒坟地，名叫栖莱里。另外于七占领的岠嵎山上，有一个村庄名叫血灌亭。

蒲松龄从八岁到二十二岁，一直处在该地域的动乱当中。他所尊敬的前辈、友人，比如莱阳出身的宋荔裳等人，由于涉嫌动乱，有的曾经入狱两年。基于这些经历，蒲松龄对动乱中丧生的人们深表同情。我还读过对这篇《公孙九娘》饱含同情与批判的文艺批评文章。

第五话　西湖公主

一

陈生弼教，字明允，燕（河北省）人。

姓与名之间，插入了本人的身份。比如中唐诗人白居易的诗中有题目云：《赠杨秘书巨源》，此人姓杨名巨源，乃是秘书部官员。

此文中，故事的主人公陈弼教，身份乃是“生”，生就是秀才。

秀才是科举及第的最初阶段，获得了乡试资格。在《聊斋志异》当中秀才一次次登场。秀才一旦乡试合格，就是举人，可获得被任命为官僚的资格，同时能够参加会试。会试及第，便晋升为进士，成为超级精英。

所以秀才并不算登上仕途。生指的是学生，乡试未及第，就不算高人一等。乡试三年才举行一次，若是家境殷实之人，可以慢慢准备。若是贫穷人家，则经不起这漫长的筹备。一旦初步考试及第，即便还不是正式官僚，也会获得属吏的身份。

陈弼教虽家境贫寒，但在副将军贾绾处获得了“记事”，也就是“文书”的职位。

故事发生在洞庭湖的小船上。洞庭湖是湖南省名湖。

李白曾咏诗云：洞庭西望楚江分。

江苏省的太湖，有时也被称为洞庭湖，造成了麻烦。而太湖畔的半岛，与对面的岛屿两两相望，分别有东洞庭山，西洞庭山。

本篇故事的题目原本叫《西湖主》，主是公主的略称，意思是西湖的公主。太湖在苏州的西面，因此这里说的洞庭湖或许是太湖，也没有必要深究。

话说陈弼教的主人贾绾，在湖上发现了猪婆龙，并射杀了它。猪婆龙属于鼍科，能够腾空跳跃，捕食家鸭，异常凶猛。

却说箭射中了猪婆龙的背部，发现一只大鱼咬住猪婆龙的尾巴，不肯松口，他们便一起被捕了上来，绑在了帆柱之间。

由于猪婆龙相当凶猛危险，曾经撞翻过大船，贾绾便将它紧紧地绑住。那猪婆龙已经奄奄一息，看上去很是痛苦，嘴巴一张一合喘着气，就好像在乞求赦免，凄楚可怜。

陈弼教起了恻隐之心，对贾绾求情道："还是把它放了吧？在船上死了，也不吉利啊。"

"是啊，反正猪婆龙也不能吃，就放了吧……原本已经受伤，也不知能活多久。"

贾绾说完，让陈弼教来处理。

《聊斋志异》第二卷《猪婆龙》一文有云，猪婆龙由于不符合一般人口感，只有柯、陈两家食用猪婆龙，渔师捕后，都卖给这两家。

"你是因为难吃才能活下来啊，只是背上伤得不轻……敷些人用的药膏应该有用吧？"

半开着玩笑，陈弼教给它背上涂了药，放回水中。

咬着猪婆龙尾巴的大鱼，时而浮出水面，时而沉下水中，渐渐消失了。

一年后，陈生北归燕地，途中又经洞庭湖。不料此次却遭遇狂风大作，浪卷船翻。幸好他抓住了一只竹笼，漂流了一整夜，被一棵大树拦住，好容易停住。终于靠岸，他爬上岸边一看，身后漂上来一个尸体，竟是他那忠实的小仆。

疲劳已极，他使出全部残力将小仆往岸上拉。但是，小仆已经死了。陈生坐在尸体旁，一面休息，一面悲叹。除了对面绿色小山传来的柳枝摇摆之声，连一个路人也不见，无处问路。等到达岸边时，已是“迟明”。

“迟”有等待的意思，这里指等待天明之时，必定是“黎明”。等待清晨来临，这一时刻，也可以称为“迟旦”。

辰时（上午八点前后的两小时），小仆的肢体竟微微动了一下，原来还没死。陈弼教喜出望外，拼命地给他按摩，揉搓。此前他还是一副萎靡不振的样子，坐着只顾发呆。此刻他像是要补回那些萎靡的时间，拼了命地按摩起来。

很快，小仆吐了几斗水，眨眼间竟起死回生了。

二人在石头上晒了衣服，到了中午，便能穿了，肚子却又饿得咕咕叫。原文称：

——枵肠辘辘。

“枵”，原指空心的树根，意思是虚空。“辘辘”乃是车轮的声音，比起咕咕，更像是辘辘，总之是到了十分饥饿难忍的状态。他们准备翻过山去，找找有没有人家。

到了半山腰，忽然传来一阵鸣镝声。鸣镝，是在箭矢上插上曼青球，射出后，空气进入曼青洞中发出的声响。据《史记》记载，这是匈奴冒顿单于发明之物。

哎呀，这是哪里在狩猎啊？

陈弼教环顾四周，传来一阵黄豆撒地般的声响，接着看见两名年轻女子，身跨骏马而来。

两人头系红绡抹额，髻插雉鸡尾毛，身着小袖紫服，腰束翠绿锦带，一手握弓，一手戴护腕。

传说夏王朝始祖大禹，于涂山召集诸侯，当时狂风大作，雷霆震天，人人不戴盔甲，头系红绡，作为军装。

然而，诗文中出现的红绡，则更为艳丽。比如白居易在《琵琶行》中所写的：

> 五陵年少争缠头，
> 一曲红绡不知数。

五陵，是富豪众多的地区，“缠头”是妓女头部缠的锦带。妓女每演奏完一曲，客人争相赠送的东西，即是“红绡”。

此处马上之人是年轻女性，想必是仪态端正，娇艳动人。

雉尾，根据何埌的注释，雉善作战，插其尾，乃是军装装扮。若论善战，恐怕使用鹰、鹫之羽更为恰当。但由于雄雉之尾长而美观，因此作为装饰，备受喜爱。在日本，雉被视作吉鸟，孝德天皇曾因获得一只白雉，将大化之后的年号改为白雉。日本的年号原本就含糊不清，自大化、白雉之后，齐明、天智、天武诸帝的年号也不明确，据传，其间使用过“白凤”“朱雀”等年号。“白凤”在美术史上是重要的名称，作为年号使用的具体年份也不清楚。有种说法称，白凤是白雉的别名，很有说服力。

在中国，雉也是祥瑞之鸟。汉高祖刘邦之妻名雉，因此汉代，雉字为避讳字。所以，雉鸡要改称为野鸡。能够用于女性名中，想来定是瑞鸟吧。

提到人名，跟随陈弼教的那名小仆，本故事由始至终称之为童仆，到最后也没有取名。

二

话说陈氏主仆二人翻过山岭，望见数十骑女子，在杂木林中狩猎。每个都是光鲜夺目，姿态容貌各不相同。陈弼教停下来眺望，这时走来一名男子，看起来像是个马童。一番询问后，那人说：“西湖公主正在主山狩猎呢。”

陈弼教讲述了自己的遭遇，并坦言饥饿难忍。那马童也是个热心肠，马上卸下自己的干粮交给他，并劝道：“你到远处去避一避吧，如果妨碍了公主，就是死罪一条。”

——犯驾当死。

阻碍权贵之人的队列是死罪，这在当时是常识。

在日本，幕府末期的生麦事件也好，神户事件也罢，都是由于藩士杀害了阻挡在大名队列前的外国人而引发的。作为外国人，多数都不理解“让开”的意思。

而作为副将军文书的陈弼教，自然明白“犯驾当死”的意思，便急忙下山。

山下林中，有殿阁隐现，开始，陈弼教以为是寺院。走近方才知道，原来是座贵族庭园。

那庭园粉垣四立，朱门半闭，院前溪水潺潺，还有一座石桥，横跨溪上。

陈弼教是个小心翼翼之人，受了马童的忠告，几乎是踉跄而逃。尽管如此，他在园外徘徊半晌，还是忍不住走了进去。

就好像受到什么力量强烈地吸引，他本人却不自知。

院内，有些奇异芬芳的花儿，抚摸着他的脸颊。顺着回廊拐了几道弯，他看见另一处院所。院中有几间屋子，朱檐曲折蜿蜒，屋前高耸着数十株垂柳。

山鸟一声啼鸣，花瓣震得四散飘落；微风轻轻吹过，榆树落下一颗果实。好个心旷神怡之地，简直是仙境。

榆树的果壳，酷似晋代沈允铸造的青铜币。中唐诗人李贺亦有诗云：榆荚相催不知数，沈郎青钱夹城路。

经过一个小亭，陈弼教看见一架秋千。秋千的顶端直通云端，钢索沉沉地垂着，一个人影也没有。

当时的秋千，不似现在小孩子玩的游戏器具，几乎和大型建筑的脚手架一样，相当之高。故此唐玄宗曾经称之为“半仙”游戏。秋千虽高，毕竟不及仙人，不能登天。

据说秋千本是北方戎狄民族的游戏，由于是骑马民族，他们的游戏方式较为粗野。从秋千上翻个筋斗，跳入水中，也称作“水秋千”。同时，它也是相当危险的游戏，汉族从北方民族那里习得之后，作为清明时节以女子为主的游戏，并以同音的“秋千”二字来命名。倒过来读，就是“千秋”。据说汉武帝为祈祷“千秋之寿”，曾命人创作了“千秋之乐”。

关于“秋千”的诗，最有名的当属苏东坡的那首《春宵一刻值千金》，后两句是这样写的：

歌管楼台声细细，
秋千院落夜沉沉。

本文的作者蒲松龄，用“沉沉”一词来形容空寂无人的秋千场，想必是受苏东坡的影响吧。

院子在中庭，所以即便是在同一个庭园，从院外也看不到。那些裙飞袖敞的女性游戏，不能为外人看见，自然要经过特别的设计，接近闺阁，即“大内”这样的标准。

因此，陈弼教方才不敢踏入。

忽然，传来一阵马蹄声，夹杂着女子们的笑闹之声。

陈弼教赶紧和小仆一起藏在了花园中。渐渐地，笑声越来越近了。

“今日真不走运，什么猎物也没收获。”

“还不是公主要射雁吗，我们都累坏了。”

只见几名红装女子，簇拥着一位姑娘，来亭中休息。那是个十四五岁的少女，身着半袖猎装，秀发如云，闪闪发亮，腰纤如束，好似一阵风就能吹倒。美得难以言喻。

左右的侍女们又是奉茶，又是熏香，陪衬之下，那姑娘显得格外耀眼。

过了一阵儿，姑娘缓缓起身，走下台阶，来到秋千附近。

“公主骑马已疲，还要荡秋千吗？”一名侍女问道。

公主笑着点点头。侍女们有的架着肩膀，有的搀扶胳膊，有的提裙子，有的拿鞋，扶着公主上了秋千。公主伸开雪白的手臂，穿上尖鞋，如飞燕一般，轻盈地飞入云间。最后搀扶她下来时，侍女们忍不住说道：“公主简直就是仙女啊。”有说有笑地走了。

在花丛中偷看的陈弼教，魂魄早已飞向了空中，他在秋千附近走了又走，徘徊逗留，总有些失魂落魄，已被公主的美彻底俘虏了。

忽然，他在篱下发现了一只红帕，一定是女子们丢下的。他将红帕收入袖中，走入小亭，发现桌上备有笔砚。

于是，他拿出红帕题起诗来。

雅戏何人拟半仙？
分明琼女散金莲，
广寒队里恐相妒，
莫信凌波上九天。

南齐废帝东昏侯（498年—501年在位），曾在宠妃潘妃行走的路上，铺置黄金制的莲华，正是所谓的“步步生莲华”。美人走的步子，叫作“金莲步”。魏国曹植曾在《洛神赋》中有：凌波微步，罗袜生尘。

美人轻柔的步伐，常被称为凌波。

月宫中有嫦娥，而诗中说连嫦娥也忌妒女子的美。

诗中还说希望美人乘着秋千，不要飞到九天之外去了。也就是表达不要离我远去，这样一种求爱之意。

陈弼教想沿着原路返回，但是所有的门上都上着门闩。在四处徘徊了许久之后，忽然出现了一名女子：

“你为何在此？”她问道。

陈弼教答道：“我迷路了，请帮帮忙。”

“红帕是你捡来的吗？”原来女子是来找寻红帕的。

“是我捡的，不小心弄脏了，这可怎么办呢？”陈弼教拿出红帕道。

“哎呀，这写的是什么啊！”女子大叫道，“你这是自寻死路啊，你把对公主的喜爱写得赤裸裸，是不想活命啦！”

“罪过罪过，就饶了我吧！”陈弼教抱住侍女的腿，哀求道，“就请你为我说说好话吧。”

“看你人挺老实，也有些学问，我也想帮你，可是不行啊。这都是你自己埋下的祸种。”

侍女拿起红帕，急忙走了。

陈弼教现在是插翅难逃，刚才找了一圈又一圈，所有大门都是紧锁着，他知道没有逃出之口。

“难道只有等死了吗……”

他摸摸自己的脑袋，刚才仿佛是一种不可思议的力量，让他在红帕上写下了那首诗，自己无论如何也无法抑制。

行云变幻。

方才的女子回来了。

“小子，你有救了，公主看了那块红帕好几遍，面露笑容，好像并不生气，说不定会放了你的，你就乖乖地等着吧。如果再敢爬树，翻墙，就死定了！”说罢转身走了。

就这样不知吉凶地等到了天黑，陈生他们肚子饿得咕咕叫，提心吊胆，怕得要死。

没过多久，侍女又提着灯来了，身边的丫头还带着饭箱，给他们摆起饭来。

“公主没说杀，也没说放，让你们先吃了饭等着，可能有希望吧。”侍女多少对陈生他们流露出同情的语气。

行云又变，事情越来越蹊跷。侍女刚刚走，又急匆匆地回来了。

“不好了！事情已经被王妃知道，王妃看了红帕后大怒，她把红帕扔在地上，说不知天高地厚的家伙，乱人心智。你们非常危险！”

陈弼教听了面色苍白，下跪请教道：“那我该怎么办啊？”

女子不知如何是好，看见忽然闯入的侍卫们，只好甩手离开了。

公主看了那封“情书”，虽然满意地笑了，作为母亲的王妃却不能忍受。区区一个秀才，在女儿的红帕上写些怪诗，扰乱她心扉，王妃下令逮捕陈弼教。

说着，几名捕吏，手握麻绳，来到陈弼教面前。其中有一名跟随捕吏同来的侍女，盯着陈弼教看了又看，说道：“我当是谁擅自闯入，这不是陈秀才吗？”

她连忙制止捕吏道：“住手，住手，我马上去禀报王妃，你们守候在此。”刚说完就飞也似的去了。

“女王说请陈秀才觐见。”

陈弼教一面发抖，一面随一行人穿过了数十个大门，终于到达了宫殿。

真是碧箔银钩，华丽非凡。

此乃是王妃的寝殿。陈生马上伏在地上道："万里孤臣，幸恕生命。"

王妃连忙起身，亲手扶起陈生道："若不是你，哀家今天也不会站在这里。婢女们不知，冒犯了贵客，罪不可恕。"

眨眼之间，王妃举办了一场盛大的宴席，金杯美酒，款待陈生。陈生不明所以，茫然无措。

王妃继续说道："救命之恩，恨无以为报，息女蒙题巾之爱，当是天缘，今夕即遣奉侍。"

接着，举行了华烛之典。

进展神速。

关于这一段，清冯镇峦评论道：

如是俗笔，一定会在这里耽滞笔墨。

他赞扬了作者的笔法简洁，迅速。

洞房里的段落，也只用了"两相倾爱"四个字带过。

简直像梦境一般。陈弼教虽有了洞房之欢，却不知缘由。新婚的公主只好在婚床上，解释了事情的来龙去脉。

"我母亲其实是湖君的妃子，扬江王的女儿。那年归宁，她不幸被箭射中，是你放了她，还给她涂了药。从此我们一族感激涕零，时刻未忘。请不要因为我们不是常人，就和我疏远。其实，我父亲湖君龙王，得了长生不老的秘法，我想和你一起白头偕老。”

“那名侍女好像认识我啊。”陈生问她。

“那日在洞庭湖的小舟上，可是有条小鱼一直咬住鱼尾？她就是那条小鱼。”

“你们的父亲在哪里？”

“跟随关帝去征讨蚩尤，还未回来。”

“哦。”

关帝，是指关羽。当年关羽追随刘备，死于建安二十四年，是历史上的真实人物。

蚩尤是传说中的逆贼，因不顺从黄帝，在涿鹿之野战败而死。黄帝作为神话人物，存在与否也未可知，但可以确信黄帝比夏王朝更为久远，至少比关羽的时代要早一千五百年。

对于作者这一穿越时空的安排，吕湛恩评价说，这也是有据可依的。

宋大中祥符七年（1014年），山西省解州盐池水量减少。这意味着，盐的产量将要减少。而盐税在国家税收中占很大比例，这将是重大问题。

这都源于当时的皇帝真宗，在盐池的旁边建了一座黄帝祠，蚩尤因此大怒，可想而知。黄帝曾经讨伐过他，对他来说，黄帝永远是宿敌。如何是好呢？道教教主信州龙虎山张天师献言道：“可请荆门庙内受贡的关羽来讨伐。”结果，不愧是军神关羽，果然率领阴兵讨伐获胜，使盐池恢复了原样。阴兵之战，虽眼不能见，但当时盐池上黑云腾腾，狂风大作，电闪雷鸣，人人胆战心惊。呼风唤雨，乃是龙的本领，所以关羽一定有龙王相助。

三

数日后，陈弼教说要给家里报个平安，便让小仆带着平安信归家。

虽说是数日，而人间却已过了一年。陈弼教家有妻子，听闻他在洞庭湖翻了船，且杳无音信，早已为他服了丧。

陈弼教归乡，又是半年之后。他身着锦衣，下跨玉马，行囊中装满了金银财宝，成为了一方巨富。他供养了一流的乐师，在旁服侍的侍女也都气质非凡。就算是当地的世家，也远不及他的豪奢。“世家”，是指代代侍奉朝廷、高官厚禄的家族。《史记》中将诸侯称为世家。

八年工夫，陈弼教已生了五六个孩子，每日宴请宾客，锦衣玉食。

如有人问，他为何如此富裕，他也毫不遮掩，如实相告。

陈弼教有个竹马之友，名叫梁子俊。此人早入仕途，在南方为官十余年，正当返乡。途经洞庭湖，他发现一艘画舫。那画舫装饰精美，是一艘专供游览的船型屋，隐约能听见里面歌舞升平。画舫打开的朱窗上，倚靠着一个美人，吸引了梁子俊的视线。透过窗户，能看见舱内。

只见，里面有个年轻的男子，没戴帽子，脚搭在女子的身上。旁边还有个十五六岁的姑娘，在为他按摩。他只道是哪里的官绅，仔细一看，好像认识。

是发小陈弼教。

梁子俊趴在栏杆上，放声喊着故友的名字。陈弼教忙命人停船，将梁子俊请入船中。

他命人摆上山珍海味，又让美人们劝酒，倒茶。

“十年不见，你现在飞黄腾达啦！”梁子俊感叹道。

“你是觉得我一个穷书生，不可能有今天吧？”陈弼教答。

“这酒是什么酒？”

“此酒名山荆。”

对于自己妻子的谦称，叫作荆妻，荆原是玫瑰的意思。此谦称出自后汉梁鸿的妻子，曾用玫瑰做发簪。关于玫瑰，人们总能联想到深深的草丛。其前加一个山字，更增强了谦逊的意味。这或许是当时的一种委婉说法。至今，有时仍在使用。日语中的“山神”，有在某人面前抬不起头这种微妙的意味，和本文没有关系。

“这是带着夫人去哪里啊？”

“往西去。”

梁子俊还想再追问，陈弼教已命人击鼓奏乐，遮住了他的声音。

“哎呀，这种神仙般的日子让我也享受享受吧！”他嚷着。

“你这是喝醉了吧？好吧，我的钱足够给你买个美妾的。就让我赠给昔日的老友吧。”说完命侍女送给梁子俊一粒明珠。

“哈哈，这个就算买个绿珠也够用了，你知道，我不是个吝啬之人。”

绿珠乃是美女的名字，晋代的石崇（249年—300年）曾以珍珠二斛（一斛十斗，约为100升）换得一名叫梁绿珠的美人。石崇其人极尽奢侈，洛阳的金谷园作为其奢侈的象征，就屡屡出现在诗文当中。石崇后来被赵王司马伦杀害，他的众多妻妾当中，只有绿珠一人殉情而死。

而石崇以珍珠换美人的故事中，美人的姓氏是梁，和陈弼教的发小梁子俊同姓，作者应该是有意为之。

“我还有点杂事要处理，不能和老兄一直玩乐啦！”

陈弼教说完，将梁子俊送回原本的船上，命人解开缆绳，飘飘然走了。

话说梁子俊回到故乡燕地，拜访亲人故友，也来到陈弼教家做客喝酒。

“咦？你前两日还在洞庭湖，怎么这就回来了，真是快啊！”梁子俊道。

“我并未去洞庭湖啊？”

“奇怪……我还未到你却到了。”

梁子俊对他讲了一遍洞庭湖上的偶遇。知道他平常不是随意玩笑之人，在座之人都感到十分震惊，等待陈弼教的解释。陈弼教笑言道：“一定是仁兄搞错了，我又没有分身之术……”

大家听了丈二和尚摸不着头脑，至于结局如何，也不了了之。

陈弼教于八十一岁那年离开人世。

出殡之时，众人感觉棺材甚轻，很不可思议，便打开了盖子。一看，棺内竟是空的。

异史氏（蒲松龄）在文末道：竹筏沉没也好，红巾题句也罢，都是鬼神之力，也就是恻隐之念所致。

恻隐，是指对他人的同情心。

——恻隐之心，仁之端也。

见《孟子》。

第六话　幽灵塾

一

渭南有一户姜氏部郎的邸宅，不知为何总有鬼魅出没，常常迷惑凡人。

部郎，乃是六部郎官，六部，是政府行政的吏、户、礼、兵、刑、工六部，每个部的部长叫尚书，相当于阁僚。郎官指的是郎中和员外郎，相当于现在的局长、副局长等中坚干部。内务府、理藩院等其他官厅也有郎官，而六部则是花型构造，郎官特别称为部郎。

渭南在西安东北约六十公里处，渭河以南至今还有渭南这个地方。

话说这座邸宅，户主姜氏因讳忌鬼魂，早已搬走。留在那里看守的人不久也死了。后来，姜氏又换了好几个看守，都相继死了。最后，他干脆不留人看守了。

有一天，附近有个叫陶望三的秀才，来向姜氏借那空屋住。

“那里面有妖怪，不能借给你啊。”姜氏拒绝道。

过了几天，陶生又来了。

他给姜氏呈上一篇文章道：“如我文中所说的，我可不怕妖怪。”

姜氏一看，题目是《续无鬼论》。

文章中论述了不存在鬼神的观点。由于竹林七贤的阮咸之子阮瞻曾写过《无鬼论》，因此本文多了一个“续”字。据《晋书》记载，阮瞻在写了这篇文章后，有一位客人拜访，他们辩论了鬼神一事。

客人最后说道：“古今圣贤都言鬼神，你为何说没有。其实，我就是鬼。”

刚说完，他就化为异形，忽然消失了。一年后，阮瞻便死去，终年三十岁。

“不吉利啊。”姜氏摇着头，“第一篇无鬼论的作者已经被鬼害死了，你还写这样的续篇，实在是不吉利。”

“没关系，我不在乎吉利与否。”

“真是个怪人，我算服了，那栋房子你随便使用吧，但出了什么事可不怪我。”姜氏把房子借给了他。

其实陶望三是个怪人，同伴里无人不知。

自从多年前他的妻子过世，他就没有再娶。

他自来就是个无拘无束的人，凡事我行我素。比如朋友约他一起去喝花酒，酒过半晌，他便会突然离席。就算友人唆使妓女去引诱他，他也是笑嘻嘻地请进门，却整晚连人家的手都不碰一下。

在姜家留宿之时，侍女曾悄悄潜入他的房间。可任侍女如何挑逗，他就是不肯就范。姜氏知道后，不由对陶生暗自起敬。

陶生一直打着光棍，由于家中狭小，天气一热就难以忍受，所以才会去借用那所古怪的宅子。

获得了姜氏的许可，陶生便前往宅子，打扫起来。因长久无人，屋中满是厚厚的灰尘。到了傍晚，他搬来书籍摆在屋里，又出去取别的物品，回来一看，刚放的书全都不见了。

“咦，这是怎么回事？”

陶生仰面躺在长椅上，屏住呼吸，静待其变。

不久，传来一阵脚步声，他侧目一看，是两名女子，把方才不见的书放回了案上。二人一个约二十，一个十七八，都是倾国之色。

二人逡巡至床边，相视一笑。陶生仍一动不动地躺着。于是，年长的女子用脚踢了踢他的肚子，年轻的则掩口匿笑。

陶生不由得心生杂念，不能自持，连忙肃然端念，不去看她们。

不料，年长的女子又用左手捋他的胡须，右手轻拍着他的脸颊，发出啪啪的声音。年轻的实在忍不住了，竟笑出声来。

“鬼物敢尔！”

陶生猛地坐起来，大喝一声。

二女吓了一跳，连忙逃了。

看来长此以往，晚上要不好过了，陶生想回到自己家里去。又觉得刚刚逞了威风，不好马上走。就剪剪灯芯，读起书来。

黑暗中鬼影幢幢，陶生看也不看。夜将过半的时候，他点着灯就睡了。睡得正香，忽然感到谁拿细物伸进他鼻子里，引得一阵奇痒，他不由打了个喷嚏。只听暗处传来一阵窃笑之声。陶生仍不说话，继续假寐着等。这一来，年纪小的女子就把纸卷成纸捻儿，轻手轻脚地走过来。

——鹤行鹭伏而至。

鹤拔脚行走，鹭伏身飞行，像是蹑手蹑脚。

陶生突然起身，一声大喝，女子吓得一眨眼逃了。

可他刚要睡着，她们又用纸捻捅他的耳朵。整整一晚上，吵得没法入睡。随着一声鸡鸣，忽然安静了下来，陶生终于能睡熟了。

日头高挂的时候，什么也没有发生，可天刚一黑，又出现了各种怪事。

陶生只好在夜里烧火做饭，整晚不睡觉。过了不久，年长的女子开始把手肘支在桌上，盯着陶生看书。接着，她干脆伸手把书页给盖上了。陶生很生气，正要去抓她的手，她却一转身，瞬间飘散了。过了一阵儿，又回来摸书，还咯咯地笑着。陶生只好边用手按着书边读，这次却轮到年轻的女子来捣乱，她站在他身后，先用两手遮住陶生的眼睛，再马上逃开，远远站着嬉笑。

"可恶的小妖精！看我不抓住你们宰了！"

陶生伸出手吼着，两人却已不害怕了，陶生也觉得她们长得可爱，就开玩笑道："男女房中之事，我完全不懂，纠缠我对你们没什么好处的。"

房中之事，原文用了"纵送"两个字，《诗经·郑风》中，有一首年轻女子歌颂英勇年轻男子的诗歌叫《大叔于田》，里面有这样的句子：

> 叔善射忌，
> 又良御忌。
> 抑磬控忌，
> 抑纵送忌。

诗中的年轻人善于射箭和驾车，十分有名。当时他并非骑在马上，而是让马拉着车，自己坐在车上驾驶。磬，指的是尽情地奔跑，控，指的是拉缰停马。纵，指的是放箭，送，指的是追逐。整体是讲驾马缓急自在，射箭百发百中。

为了收揽人心，统治阶级故意将行为奢侈的年轻人（郑庄公之弟大叔段）之举编成诗歌，让无知的人民来赞颂他。但是朱子认为，这也可能是一首情歌。

或许，它最初的内容夹杂了更为露骨的性描写，孔子曾在《论语》中说：

——郑声淫。

《礼记》中曾批评郑国与其北方的卫国说："郑卫之声乃亡国之声。"卫歌多是描述男性挑逗女性，而郑歌多是女性诱惑男性。

陶望三关于淫这层意思，特地引用了有名的郑国歌词，可见，纵送二字包含着特别的意义。意思是说对于那些荒谬的房中秘技，我一点也不在行。

二

陶生和两名美女幽灵之间的薄纱，就在这一来一去中揭开了。

二名女子索性给陶生砍柴，淘米，做起饭来，忙起了有益的事情。不久，热粥熬好了。

“谢谢你们为我做的，我该如何报答你们呢？”

看着桌上摆放好的碗筷，陶生说道。

“饭里下了砒霜和鸩毒了。”二女笑道。

“我与你二人无冤无仇，你们怎会害我？”

陶生说完，若无其事地喝起粥来。喝完，两女子争着给他盛第二碗，陶生很高兴，渐渐习惯了有她们照顾。又过了些日子，他们竟然促膝交谈起来。

“你们叫什么名字？”

“我姓乔，名叫秋容。”年长的回答，然后看着年轻的说，“这姑娘是阮家的小谢。”

“你们从哪儿来啊！”

“真没头脑。”小谢说道，“人还没给你，是谁让你来问家世的呢？难道要娶我们不成？”

陶望三身体坐正道：“和这么漂亮的人儿在一起，为何唯独我如木石般无情呢？只不过人中阴冥之气，是要没命的。你们要觉得和我在一起没劲，就快走吧。如果想在一起，一直相敬如宾地待着也可以。不喜欢我，我也不会玷污你们两个美人，喜欢我，你们也不愿杀了我这个狂生吧。”

两女子互相使了个眼色，算是达成了一致。

那以后，两人再也没搞过恶作剧，只是偶尔把手伸进陶生胸前，或者脱下他的裤子，陶生也未多加责怪。

姜氏这座邸宅的看守接连死去，皆因与鬼魂交合之故。陶生虽喜欢玩乐，但却有自己的洁癖，就是不和妓女、侍女等私通，更何况幽灵。

这期间，陶生竟在宅里开起了私塾，一座幽灵私塾。原文用“鬼帐”来形容，一定是用幕布遮起来的地方。若说起开私塾的缘由，那是有一日陶生抄书没抄完，中途不得不出去办事，办事回来，看见小谢在桌上埋着头，写起字来。小谢看见陶生，连忙放下笔，不敢正视他，笑着捧上字去。陶生凑近一看，字虽写得不怎么好，但行列间隔却很整齐。

“没想到你是个风雅之人啊？你若喜欢写字，我来教你吧。”

陶生把小谢揽在怀里，手把手教她写字。正巧秋容从外面回来，见状脸色突变，大概是忌妒。

小谢忙笑道：“我小时候和父亲学过写字，已经很久没写了，简直像做梦一样。”

秋容不置一语。

这种时候，男人的立场总是很为难，陶生假装没看见秋容的愠色，若无其事地换作将她揽入怀中，帮她握好笔。

“让我看看，你会不会写。”

秋容写下了几个字，坐起身子。

“秋娘好笔力啊。”

秋容听罢，终于笑了。

其实，小谢学过写字是没错，而秋娘对于读书写字，全无基础，既然被夸奖笔力好，说明原本有些才能。为了不输给年少的小谢，她拼命努力，很快就写得有模有样了。

日复一日，两人相互竞争，彼此奋勉。写字方面，小谢略胜一筹，而读书方面，秋容进步更快，甚至和师傅陶生比赛起读书来，有时读得彻夜不眠。

一个月后，小谢的字写得有板有眼了，受到陶生的表扬，秋容见了哭成了泪人，二人就是如此各不相让地学习着。

不久，小谢把他的弟弟三郎也带来，让他拜陶生为师。按照中国的规矩，拜师时需要带“赘”，“赘”就是礼物。三郎给陶生带的礼物则是一柄黄金如意。如意是一种像蕨菜一样，前面弯曲的小棒。有一种说法，它是用来给后背搔痒的工具，还有人认为它是讲学之时用来记事的。

三郎年约十五六岁，生得很俊秀，学业略有所成，陶生便让他和秋容学习一样的课本。

曾经的幽灵之宅，如今变成了私塾，传出朗朗的读书声。姜氏听见后非常高兴，开始给陶生奖赏。由于两女子都不服输，陶生便让她们试着作起诗文。小谢暗地里去拜托陶生，不要教秋娘，秋娘呢，也私下央求陶生，不要教小谢。陶生分别答应了她们。竞争是进步的动力，于是，三名学生的学业都突飞猛进。

又过了些日子，陶望三要去长安参加乡试了。他早已在渭南的县试中及第，成为秀才，获得了参加陕西省乡试的资格。乡试若合格，就成为举人，来年便可去北京参加会试。二女泪眼婆娑地向他道别，三郎却阻拦说：“这次你还是托病不要参加了吧，我感觉有不吉之事要发生。”

但是乡试三年才有一次，错过了这次，还要等三年。陶生未听他的劝阻，向长安出发了。

三

陶望三是个有正义感的书生，作为文人，他也时常作诗，对当地名门望族的腐朽，以及时事，常有讥诮之音。因此县级的掌权之人，对他极其记恨。

此人贿赂了三年任命一次的学使，并以品行问题诬告陶望三，将他抓入了监狱。陶生花尽了盘缠，沦为囚徒，觉得自己就要没命了。

监狱中，忽然有人飘然而至，竟是秋容。

“三郎担心你发生不吉之事，果然发生了。三郎和我一同来的，我们为你申冤去。”

她说完，一转身闪了出去，谁也没有发现。

三郎拦住了巡抚的队列，为陶生申冤，却被官兵逮捕，关进了监狱。秋容又来告知了陶生，说自己再去探听消息，转身又走了。

过了三天，秋容还没回来，陶生饥饿难耐，又很担心他们，简直是度日如年。正当此时，小谢忽然来了。

“秋容回去的时候，路过城隍祠，被西廊下的黑判官强行带走，要逼她做小妾呢。秋容不肯答应，已被囚禁起来。我走了几百里路，已经筋疲力竭了，刚才在北门，还被荆棘扎了脚，骨髓里都痛……可能再也不能来看你啦。”说着给陶生看她的脚，脚上已是血肉模糊。三言两语之后，小谢一瘸一拐地走了。

小谢虽属于冥界，竟也受不了荆棘刺足之苦。出现在《聊斋志异》中的鬼魂，还是极具人类特点的。

城隍祠，也叫作城隍庙，它是供奉城市守护神的祠堂，而供奉无城郭的村落的守护神的祠堂，称作“土地神庙”。祭神根据时代、地域有所差别，比如，苏州祭的是战国的春申君；杭州祭的是宋朝的文天祥。明洪武三年（1370年），政府规定各城市都有修建城隍庙的义务。到了清代，地方官员赴任之前，也必须参拜当地的城隍庙。

城隍神是管理阴界的地方官，明太祖为了提高自己任命地方官的权威，特地营造出一种自己受到阴界地方官支持的氛围。地方官由于享有裁判权，人们如果受到不公的待遇，都会去参拜城隍庙。

在裁判官城隍神的左右，有裁判所书记、典狱等这样的杂神，黑判就是其中的一名。所以他才能抓了阴界的秋容，并逼迫她做小妾。

却说现世的衙役抓了阴界的三郎，因三郎无亲无故不好起诉，便决定杖刑。不料，三郎却突然消失了。

巡抚觉得很不可思议，便命人仔细调查陶望三一案。他重读了三郎的诉状，被其中的内容打动，便叫陶望三来亲自问话。

“三郎到底是什么人？”

巡抚这一问，陶生只有回答“不知道”。

其实巡抚知道，每逢考试，总有当地的腐朽士绅，收买京城的学使，将直言之士投入大狱。巡抚猜测陶生一定是受害之人，便将他无罪释放了。

另外，阴界的最高裁判官阎王，知道了三郎在现世的仗义之举，让他投生去了富贵人家。自此，三郎便从本故事中退场了。

释放后，陶生回到家中，见到了小谢。小谢对他讲了三郎的事情，并说秋容还被黑判拘禁着。

“我本要到城隍庙呈上诉状，却被黑判撕得粉碎，进去不得，干着急没办法啊。”

“哼！”陶生听了愤怒地道，“黑老鬼！竟敢胡作非为！看我明天不去推了他的神像，踩成碎泥，让城隍神去追究他的责任！自己的部下暴戾无道，他还在醉梦中不知吗？”

两人相对哀叹着，天快亮了也没觉察。没想到，秋容却突然回来了。二人欣喜若狂，忙问她怎么回来的。

秋容泪流满面道：“这次我是为你受了万般苦楚，那黑判每晚对着我刀杖相加，今晚却放了我。他说没有其他意思，只是因为爱我，既然我不愿意，也不会玷污我，还让我对陶公子说莫责怪他。”

主要是阴界对三郎的义举好评如潮，这件事也传到了地方官的耳中，黑判猜测，如果他敢冒犯秋容，必定没有好下场吧。

陶望三对二女说道：“今日，我愿为你们而死。”

此言，是要和二女子身体交合啊。陶生被二人出于爱的行为感动，虽知必死无疑，还是抱着一死的决心，抱住她们。回报爱，只能以爱的方式，就算是死路一条也不后悔。

然而，秋容和小谢却严词拒绝了。二人虽然最初曾屡次挑逗陶生，但自从在幽灵塾读书识字，她们也明白了许多义理。

“我们爱你，又怎么忍心加害你呢？”

她们含情脉脉地说着，把脸靠在陶生肩上，头贴着头。尽管不敢逾越雷池，但前戏可以有。陶生对二女的肉体极尽爱抚，疯狂的程度，超过了所有前戏的限度。他已抱着赴死之心，可是秋容和小谢，却把他挡在最后的一步。二女之间也曾有的忌妒之心，随着共历苦难，也都烟消云散了。

四

一日，一个道士和陶生擦肩而过，回头对陶生道："你身上有鬼气。"

陶生听了一惊，知道这道士并非常人，就把自己的离奇经历都细细告诉了道士。

"这两个女鬼都是好鬼啊，你万不可辜负了她们。"

道士说完，交给陶生两枚灵符，继续说道："回去后，把这两枚灵符交给二人，如果听到门外有人为女儿哭丧的声音，就吞下符往外跑，先到的那个就能复生。就看她们的福分了。"

陶生拜谢了道士，回去将灵符交给二女。过了一个多月，当地豪族郝氏的女儿死了，正举办丧礼。听见哭丧之声，二女争着跑了出去。小谢慌忙之下，忘了吞下灵符，只有秋容先吞了灵符，才赶到丧礼队列的灵柩前，一闪隐没在里面。

晚一步的小谢只好哭着回来，哭声相当悲痛。

众人听到灵柩里有声音，忙放下担子，打开查看，发现里面的小姐竟然活了！那条路刚好经过陶生的书斋，而灵柩就停在了陶生房前。

父亲郝氏大惊道："这到底怎么回事？"

"我不是你的女儿。"秋容说出了事情的原委。但郝氏根本不信，他要让起死回生的女儿乘轿回家，可女儿飞快地跑进了陶生的书斋，躺在里面动也不动。郝氏无奈，只好认陶生做了女婿，暂且回去。

那姑娘存留着秋容的意识和记忆，面容确是郝家的小姐。但她的娇艳美丽毫不逊于秋容。陶生满心欢喜，和秋容说起生平往事。与秋容不同的容貌，却有和秋容相同的经历，她口中自称"秋容"，确实是秋容没错。

就在两人亲密交谈的时候，暗角里传来了抽泣之声，原来是小谢在哭。二人可怜小谢，举着灯过去劝慰，而小谢哭得浸湿了衣袖，忍不住哀痛，一直到天快亮才回去。

郝家派人送来了嫁妆，等他们天黑正要就寝，又听到了小谢的哭声。从此，每晚如此，陶生和秋容都无法同房。

"你再去求求那个道士怎么样？说不定他有好办

法。”

在秋容的建议下，陶生找到了道士的住处，伏在地上央求他。

“我没有办法。”

在道士的严词拒绝下，陶生仍然哀求个不停。

“你这书生真是缠人啊，好吧，也算是我们有缘，我就尽力帮你一次。”

接下来整整十几日，道士不吃不喝，把自己关在一间安静的屋里，施起法来。他嘱咐陶生什么也不要问，陶生只好从门缝里偷看。那绝不是在修行，道士简直像睡着了一样。

有一天，陶生刚起身，只见一名年轻女子揭帘走了进来。那女子明眸皓齿，光彩照人。

“一整晚没有休息，我都累死了，都是被你纠缠不住。这不，连续跑了一百多里，终于找到了这个大宅子。道人已经附了我的身，就等那一位出现，为她奉上了。”女子说道。

道人附了谁的身，女子又要奉上什么，陶生一时弄不明白。

到了傍晚，小谢出现了。这时，从早上赶来一直坐在那里的女子，忽然站起来，上前抱住了小谢。就在两人抱住的一刹那，她们迅速合二为一，变成了一个人。随之，那女子倒在了地上。

片刻，道士从屋里走了出来，合手对陶生拱了一下，径自走了。陶生连忙还礼，追送出去，待他回来，女子已经复生了。

上次郝氏小姐复生的时候，马上跑进了陶生的书斋，而这位姑娘复生，腿脚却痛得厉害，不住地呻吟，好几天也站不起来。道士好像是勉为其难，让姑娘整整走了一夜，真是使尽了浑身解数的复生之策啊。

如此，陶望三一下得到了两个妻子。而秋容和小谢，都已不是当初的容貌了。

后来陶望三科举及第，中了进士，如愿做了官。同期及第的进士，通常叫作“同年”。同年们很多都保持着非常密切的关系，像亲戚一样。比如陶生的同年中就有一个叫蔡子经的人，和他关系极好，结为了义兄弟。

那蔡子经曾因外出办事，在陶生家逗留了几天。一次小谢从邻家回来的时候，蔡子经恰好远远看见，连忙跑到近处，尾随起来。小谢见他是丈夫的密友，心中气愤他轻薄，侧身避开了。

但蔡子经却不是为小谢的美艳而跟踪她，因为她和自己三年前去世的妹妹简直一模一样。

“有件事我简直不敢相信，要问问你啊。”他问陶生。

“什么事！”

“三年前我妹妹去世，过了两晚，遗骸竟然不见了，至今大家还感到不可思议。方才，我偶然看见你妻子，怎么和我妹妹长得一模一样呢？”

“糟糠之妻，怎能和令妹相比，我们即是义兄弟，就去见见她吧。”

陶生一面笑着，一面进了内室，让小谢穿上安葬时的衣服，来见蔡子经。

“哎呀，就是我妹妹，没错！”

他激动地流泪。

于是，陶生把三年前发生的事情，详细地告诉了他。

“我妹妹竟然没死！我要快点回去禀告父母，让他们高兴高兴。”

蔡子经满面喜色地说完，急忙回家了。

数日后，蔡家人全都来了。于是，如同和郝家一样，陶生和蔡家人也交往起来。

蒲松龄借异史氏之口，如此训示道：

绝世佳人，得到一个都很难，何况是同时得到两个。这样的好事，简直是千年一遇。一定是上天的眷顾，恩赐那些正人君子，因为他们从不与不请自来的荡妇私通吧？

真是画蛇添足的一笔。

本篇的高潮，乃是三人坚守住最后一道防线，未做成夫妻的情节。不由引人遐想，到底做到了哪一步呢？

在川剧中，有个叫《桂香阁》的剧名，别名《鬼学堂》。正是以《聊斋志异》中的《小谢》为脚本改写的。

第七话 阿英

一

庐陵甘家有兄弟二人。他们年龄相差悬殊，兄名玉，字璧人；弟名珏，字双璧。父母在甘珏五岁那年相继去世，兄长代替父母抚养弟弟长大。

不负兄长所望，弟弟长大后非常出色。学识渊博，文采斐然，且一表人才。是哥哥引以为傲的弟弟。

“一定要给弟弟找个好媳妇。”

可由于哥哥过分挑剔，在当时，弟弟已算是晚婚之人。

哥哥时刻惦记弟弟的婚事，就连走路的时候碰见年轻女子都要在心里嘀咕，这个姑娘怎么样呢?

庐陵在现在的江西省吉安市，附近的书生常去庐山的寺庙里修行。甘玉有一次躺在庐山宿坊的床上，窗外传来了女子的声音。

他偷偷看去，竟有三四个姑娘席地而坐，享用着几位侍女摆上的酒肴。她们个个都是美人。

“秦儿，秦儿，阿英怎么还没来？”一个姑娘说道。

“昨日从函谷赶来的路上，被坏人弄伤了右腕，说不能和我们游玩啦，真可惜啊。”叫作秦儿的姑娘答道。

“昨晚我做了一个噩梦，到现在还心有余悸，忍不住冒冷汗。”

“快别说了，今夜伙伴们好容易聚在一起，高兴高兴，你就别说些吓人的话了。”

“胆小鬼！难道真有虎呀狼呀把你叼去不成。不让我说，你就唱首歌来助兴！”

女子便低声吟唱了起来。

闲阶桃花取次开，
昨日踏青小约未应乖。
付嘱东邻女伴少待莫相催，
着得凤头鞋子即当来。

唱完，满座交口称赞，继续谈笑起来。突然，一个样貌可怖的男子从外面闯了进来。目似秃鹰，丑陋彪悍。

“有妖怪！”

姑娘们哭喊着，像惊弓之鸟一样四散逃走。

只有方才唱歌的姑娘，体态柔弱，逃慢了一步，被那大汉抓住，发出了痛苦的哀鸣，拼命挣扎着。

男子怒吼一声，咬断了姑娘的手指，咀嚼咽下。姑娘倒在地上，像死了一样。

甘玉不忍再看，拔剑一跃，向妖怪大汉砍去。大汉被砍中了大腿，疼痛难忍，落荒而逃。

甘玉扶着女子进了屋，那女子已是面如土色，衣袖上满是血渍。甘玉拿起她的手一看，右手的拇指断了，忙撕破绢布帮她包扎。女子终于用微弱的声音说道："救命之恩，我该如何相报？"

其实甘玉方才偷看的时候，就暗自想着弟弟娶妻的事。这时便说了出来。

"像我这样的残疾女子，怎么能成为人妻，还有比我更好的人，可以操持家务。"姑娘说。

甘玉问她的姓氏，她说姓秦。

甘玉铺好被褥，让她暂且在这里休息，自己抱着被子去别处睡了。

天明，他来看那姑娘，床却是空的。

他走访了附近的村子，却没有姓秦的人家。又拜托亲戚朋友四处打听，也全无下落。回到庐陵后他和弟弟谈及此事，两个人都是失魂落魄，遗憾不已。

要说起这段故事的缘由，其实讲的是一段异类婚姻。在庐山宿坊外席地而坐的，其实是一群鹦鹉。鹦鹉能模仿人说话，也就给人一种亲近感。再者是异国物种，所以非常珍奇。唐代白居易左迁江州的途中，在商山路遇见了贡品鹦鹉，咏诗道：

安南远进红鹦鹉，
色似桃花语似人。

和白居易同时代的牛僧孺，时任宰相，是门阀党争的一方旗头，极富文采，著有一本怪奇物语集《玄怪录》。其中有一篇作品叫《柳归舜传》，讲的是主人公柳归舜泛舟巴陵，被吹到了君山岛，在岛上和数千只鹦鹉对话的故事。那些鹦鹉的尾巴有两三尺长，互相唤着名字。据一只叫凤花台的鹦鹉称，一千年前汉朝的东方朔曾教导过它们。

《聊斋志异》或许就是从《柳归舜传》中获得了灵感。只是牛僧孺的作品中，鹦鹉以原型登场，而《阿英》中，鹦鹉们化为人形登场。

甘氏兄弟在这个阶段，还不知道姑娘们的真身，《聊斋志异》中其实已经频繁地进行了暗示。比如当壮汉闯入时，作者形容姑娘们像“鸟儿一样逃散了”。

另外，函谷关距离庐山很远，左迁的白居易八月出长安，十月才到达江州附近。而本篇提到“昨日从函谷关来的途中”，如果不是飞，是不可能的。另外，那个眼睛像雄鹰的大汉，咬住了姑娘，也暗示着她们是鸟类。

二

有一天，甘珏去涂山脚下的原野游玩，碰到一位年约十六的少女。

叫涂山的地方有很多，传说夏王朝始祖禹，就娶了涂山氏的女儿。安徽省怀远县淮河东岸的涂山，应该最具代表。另外，九江、会稽，也有同名之处，那里是建立禹王朝，供奉大禹的地方。

淮河东岸的涂山，离甘家甚远。兄长甘玉经常去的是庐山。本故事的涂山，应该在九江，也可能是位于江南的“当涂”。这里或许没有深究地点的必要。

这位少女向甘珏打招呼道：“你是甘家的二郎吗？”

她在附近四处打听，才如此问他的。

“是的。”

“令尊曾给你我定过婚约，为何你现在又和秦家小姐订婚呢？”

“我自幼父母双亡，从没听说过此事，你是哪家的姑娘，我回去问问哥哥。”

“这个无须细说，我只要你一句承诺，就可以自动上门去。”

“这件事，没有兄长的允许可不行……”

“你这呆子，就那么怕哥哥吗？好吧，我姓陆，住在东山望村。三日之内，我等你的答复。”说完便走了。

甘珏回家后，将此事告诉了兄嫂二人。

“奇怪，父亲去世的时候，我已经二十岁了，如果真有此事，我怎么从没听说过。一个年轻姑娘，独自走在原野中，和陌生男子搭话，真不可思议。她长什么样子？”

听哥哥一问，甘珏的脸红到了脖子根，一句也答不上来。

“肯定是漂亮的姑娘吧。”嫂嫂玩笑道。

“小孩子懂什么漂亮不漂亮，”哥哥始终把快二十的弟弟当个孩子，“就算再漂亮，也不如那位秦姑娘漂亮，如果秦姑娘的事没有进展，再考虑她也不迟。”

几天后，哥哥甘玉也在路旁遇见一位少女，一面走路，一面流泪。他收鞭勒马，偷偷窥视，竟是一个世间罕有的美人。他让小仆过去打听，只听那美人道：

“我本与甘家的二郎有过婚约，因家境贫寒搬去远处，再没来往。最近回来，甘家却改变心意，违反了约定。我不知该怎么办，想找哥哥甘璧人好好问问呢。”

改变心意，原文用的是：

——二三其德。

诗经中也有用例。意思是一会儿二，一会儿三，举棋不定，经常变化。

“我就是甘璧人，但我并不知道你与亡父的约定。我们家离这不远，我们回去说话吧。”

甘玉翻身下马，把缰绳交给少女，自己牵着马，徒步回到了家。

“我叫阿英，家中没有兄弟，和表姐秦氏住在一起。”

“哎呀，原来那位是你的表姐啊。”

甘玉听了很高兴。那位受伤的秦氏说过：“还有更好的人儿呢，我来帮你找。”原来是这个意思啊。

万事俱备，甘玉好像是要趁热打铁，说：“我们赶紧去通知秦氏吧，我不知道她家在哪里，你带我们去找找！”

阿英却极力劝阻了。

“英”和“鹦”在现代中国语中完全同音。历史上，这两个字也同是平声庚韵，发音也相同。

就这样，阿英做了甘珏的妻子。

甘玉很高兴弟弟娶了个这么好的妻子，唯独担心阿英不够庄重。结果，发现她不仅矜持端庄，而且娇婉善言，把嫂嫂服侍得很好，深得嫂嫂喜爱。

中国的小说，有很多是以兄弟之情为主题展开的。在礼教体制中，父子、君臣，都有不可僭越的礼节。这些故事自然乏味。如果是兄弟，则有了更为轻松的氛围。

包括《三国志》中，刘备、关羽、张飞三人，从义理上讲是君臣，从人情上讲是兄弟。《西游记》中，三藏法师形同虚设，也是以悟空、悟能、悟净兄弟的故事为中心展开的。还有《水浒传》，百八名豪杰，皆为义兄弟。

三

中秋那日，当甘珏、阿英夫妇正饶有兴致地吃饭时，嫂嫂命人来叫阿英。

“我稍后就过去。”

阿英虽如此对传话的侍者回话，却迟迟也不去。

“你快去嫂嫂那儿吧。”

甘珏觉得不妥，催促她，阿英却只是一笑置之。甘珏感到有妻子陪伴很开心，虽对嫂嫂心怀歉意，也未加追问。虽说是兄弟，因年纪相差大，兄嫂对甘珏也有着父母般的宠溺。

阿英刚化好妆，嫂嫂就来了。

“昨晚在一起的时候，弟妹为何总是闷闷不乐啊？”嫂嫂问阿英。

甘珏听此，心中一震。

“嫂嫂说阿英昨晚和你在一起？不可能……昨晚她明明一直和我在一起。”

嫂嫂听罢，也大吃一惊道：“除非是妖怪，否则怎会有分身之术。”

同一时间，出现在不同地点，叫作“分身”。

甘玉也吃了一惊，揭开暖帘道：“我甘家代代积德行善，与人无冤无仇。你若是妖精，就快快离开我家，莫要害我的弟弟。”

阿英红着脸，面带羞惭地道：“我本不是人类，只不过很久以前和你们的父亲有约在先，而秦家表姐也劝我来完婚，我才来的。我也知道自己不能生育，早晚有一天要离开，但蒙兄嫂的厚爱，迟迟不舍得走，拖到了今天。如今既已当我是妖怪，我便就此别过……”

那声音渐渐模糊，话音刚落，她就变作一只鹦鹉，拍翅飞走了。

“哎呀！是她！”

“她是谁？”

嫂嫂和甘珏一同问道。

“父亲去世的前一年，甘珏才四岁……我们家里养了一只鹦鹉。甘珏还是个孩子，对什么都很好奇。他说，父亲，为什么我们要养鹦鹉呢？父亲本是和弟弟开玩笑，说要给你当媳妇啊！大家都笑了。那以后好些日子，大家都让弟弟给鹦鹉喂食，还说你媳妇儿饿了，快给她喂食啊，要好生照顾她……又过了段日子，那鹦鹉弄断脚锁，逃跑了……阿英一定就是那只鹦鹉。”甘玉说道。

虽知阿英并非人类，甘珏却忘不了阿英。不光是甘珏，嫂嫂也深深喜爱她，思念她，每日伤心落泪。

两年后，甘珏娶了一个叫姜氏的姑娘为妻。婚后，却颇不如意。就算和妻子在一起，心里却想着飞走的阿英，怎么能如意呢。

甘玉当时说了那句：“快给我离开！”事到如今，心中也追悔莫及。不久，他留下家人，独自去了广东。

本故事没有特定的时代。作者蒲松龄是清初人（明灭亡前四年出生），既然没有特别注明，我们可以认为是明末清初。

甘家是庐陵的名族。无论哪个时代，地方豪族都和地方官保持着交往，以维持家族地位。虽然也梦想着子弟中有人科举及第，但却很难实现。

这个时代，高级官僚通常都带着“幕友”一起工作。也就是保持个人关系的谋士团体。

前任一旦离职，要把幕友也带走，后任者也必须带着自己之前的幕友赴任。

幕友并不是真正的官僚，只是后备人员。但他们在官界交际广泛，回到地方后，便可利用这些关系。因此只要有机会，地方豪族子弟总是要当上几年幕友。

甘玉就有一位表兄，在广东任司李一职，他为了当上其幕友，离开了家乡。

司李，又叫作“司理”，是宋代地方裁判官“司理参军”。这一称谓在元代被废止，到了明清，作为通称留存下来。正式的名称是广东省府通判，正六品，与中央内阁的侍读同级。此人是科举及第，一举取得官位的。

家族中，如有成员成为高级官僚，不仅一小家，可以说兴旺了整个大家族。出任地方官，实际收入也是相当可观的。

“我此去广东，就是和表兄认识些人物，充当一段幕友，马上就回来。广东天气炎热，水土不好，到底是故乡好。”

这是甘玉出发时对家人所言。甘玉自己没有孩子，因此对弟弟甘珏抱有很大的期待。

四

甘玉不在的这段日子，江西发生了匪贼之乱，附近的村庄多半成了废墟，惨不忍睹。匪贼团伙相继接近了庐陵。

人们都开始避难。

哥哥在外，甘珏成了顶梁柱。他带领全家去了一座山谷，那里有很多山洞，看上去很安全。

既然看上去安全，那么所有人都认为安全，于是有大量人群来这里避难，变得十分拥挤嘈杂。谁也不认识谁，他们却听到了一个熟悉的声音。

“好像是阿英的声音，你过去看看。”

在嫂嫂的吩咐下，甘珏顺着她指的方向过去查看，果然是阿英。他大喜过望，紧紧抓住了阿英的手。

阿英对其他女伴们说：“姐姐们先走，我去见见嫂嫂。”

嫂嫂见了阿英，忍不住伤感，哭了起来。

阿英再三劝阻道：“嫂嫂，此地不宜久留。村民们全来了，回家为上策。”

“万一匪贼来家里怎么办？”

嫂嫂和甘珏犹豫道。

阿英使劲儿摇头道：“快点回家。”再三催促着，和甘家人一同回去了。

阿英撮了一堆土堵在门口：“安心在家待着，绝不可出门。”吩咐了几句，转身就要走。嫂嫂急忙抓住了阿英的胳膊，还让两名侍女抱住她的双脚。

阿英没办法，只好留在甘家，但却不进原来的那间屋子。甘珏频频地邀她，嫂嫂也在一旁说：“这个新媳妇，不合甘珏的心意啊。”

阿英起了个大早，给甘珏的妻子姜氏打扮起来。梳好头，又仔细地帮她打粉、描眉，那姜氏瞬间漂亮了不知多少倍。就这样打扮了三天，简直变成了美人。

嫂嫂看得目瞪口呆，对阿英说道：“我不能生育，一直想给夫君买个小妾，却没工夫。不知家中的侍女，有谁能变成美人的吗？”

当时，有一种陋俗，花钱买小妾。

“可以。”阿英说，“这世间谁都可以变美，只是底子好的更容易些罢了。”

于是，她开始在无数侍女中相面，最后选了一名面色黝黑的丑女，因为这女子有生男儿的面相。

阿英给那侍女洗了脸，将浓粉和一种特殊药粉混合在一起，给她涂上。如此，她那黝黑的皮肤竟然渐渐变黄。那药粉的效果非常显著，二十八天后，脂粉的光泽浸入肌肤，侍女变得相当好看了。

话说他们每日在家中足不出户，谈笑度日，竟把匪贼之事抛到了九霄云外。

忽然有一天夜里，四处传来嘈杂之声，甘家上下一片惊慌，不知该如何是好。门外有马蹄徘徊声，马嘶人叫声。不久，各种声音相互夹杂着远去了。

天亮后他们才知道，村中各家已被烧杀掠夺，洗劫一空。土匪们成群结伙地搜查了所有地方，就连甘家人曾经避难的山谷也去过了。藏在山洞里的人被杀被抓，一个不留。

由于甘家门口堆积了泥土，土匪们或许认为并无人居住。

是阿英救了大家，从此甘家上下都把她当成神来看待。

她却对嫂嫂说：“我愿意回来，那是对嫂嫂的恩情没齿难忘。匪贼骚动，哪怕能帮你们分担一点也好。伯伯不在家，我待在这里，李非李，桃非桃，不伦不类。我还是先回去，得空了再来。”

阿英把去了广东的甘玉叫作伯伯，乃是按照中国的习俗“随子称呼”。阿英作为甘珏的妻子，理应把甘玉称为哥哥，如果她育有子女，应称甘玉为伯父。

桃非桃，李非李，意思是界限不明，心情不安定。在甘家，阿英确实没有确定的身份。

“我家那位没事吧？”嫂嫂担心哥哥的安全。

至此，嫂嫂已看出阿英具有预知的能力，故此问她道。

“他近来有大难，但我们不会坐视不理。秦家姐姐曾受他恩惠，一定会报答他的。不用担心。”

嫂嫂又挽留阿英，当晚仍在家里住下，第二日天还没亮，她却已走了。

五

话说从广东返回的途中，甘玉听说了动乱之事，就马不停蹄地赶回。不料途中却遇见了土匪。他和侍从二人丢下马，把钱财系在腰间，躲藏在荆棘丛中。忽然一只秦吉了飞来，停在了荆棘之上。它张开翅膀，遮住了他们。

“秦吉了”曾出现在白居易的诗中，是有名的鸟。

秦吉了，
出南中，
彩毛青黑花颈红。
耳聪心慧舌端巧，
鸟语人言无不通。

这是诗的前段。

据《桂海虞衡志》这本地方史书记载，秦吉了貌似鹦鹉，但比鹦鹉更聪明，鹦鹉之声像儿女，而秦吉了之声像丈夫。

同时，它也很像九官鸟，可以认为是鹦鹉的一种。

话说甘玉发现遮住他们的那只鹦鹉，少了根手指，觉得很奇怪。

甘玉在庐山的宿坊外，曾经救过一个姑娘，她当时受到了鹰眼大汉的袭击。而阿英称作秦家姐姐的那位姑娘，真身乃是一只秦吉了。

土匪们在附近搜查了一圈，谁也没有发现，就打道回府。鸟儿确认他们走远之后，也飞走了。

不久，甘玉回到家里，和妻子二人相互诉说了遭遇，他才知道那只秦吉了就是自己在庐山救的丽人，也明白了为何它会少一根手指。

那以后，只要甘玉不在的时候，阿英就会在傍晚来和嫂嫂见面，约莫着主人要回来时，就匆匆离开。弟弟甘珏也时常在嫂嫂屋里看见阿英，并邀她来自己的房里。阿英虽然表面上应承着，却一次也未去过。

某日傍晚，甘玉出门，甘珏知道阿英一定会来，便悄悄地藏了起来。阿英果然来了。甘珏突然跳出来，挡住她的去路，硬把她往自己房里拉。

阿英挣扎道："你我情缘已尽，如果硬是结合，定会遭到上天的惩罚。你不可性急，就让我们留些余地，这样还能经常见面，不好吗？"

但甘玉根本不听，到底是把她拉进房里，实现了心意。

天明，阿英去见嫂嫂。

"出什么事了？"

阿英从未在早上来过，嫂嫂觉得有些不妙。

"我途中遇见了强盗，让嫂嫂担心了，阿英罪过。"

阿英说罢，和嫂嫂交谈一两句，便急着返回。

过了一阵儿，嫂嫂看见一只大猫叼着一只鹦鹉，从她卧室前经过。她心里一惊，心跳都快停止了，那鹦鹉不会是阿英吧？

嫂嫂正在洗头发，赶忙停下来，大声呼救。

"快来人啊！有一只大猫！"

家中之人全都冲出来追猫，好容易才把鹦鹉救下来。那鹦鹉左边的翅膀上沾着血，已经奄奄一息。嫂嫂抱起鹦鹉，放在膝上，抚摸了一阵子，鹦鹉才终于振作过来，用嘴整理着翅膀。一会儿，它飞起来，在房子里转着圈子，说道：

"嫂嫂，我们再见啦！都怨甘珏呀！"

说完振翅飞走，再未回来过。

何守奇曾经评论本篇说：守义报德，禽兽与人都是如此。只是改变容颜，将丑变美这一节，实在令人费解。

他加上了这段多少有些自相矛盾的评语。

白居易《新乐府》的《秦吉了》中，作者自己题道：

——哀冤民也。

明示其创作意旨。

既然秦吉了那么聪明，为何眼睁睁看着“长爪鹰”“大嘴鸟”，欺负家燕、家鸡这些禽类，践踏它们鸟蛋和掠食幼鸟呢？鹫和鹰的肚子饱了，不去抓它们。孔雀和鹤优雅地站着，不置一词。秦吉了，人称你是能言之鸟，为何不去百鸟之王凤凰的面前告发此事呢？那么你的喋喋不休，也只能看作闲言碎语啦。

诗中，白居易对中唐的腐败，以及弱肉强食的社会表现出愤慨与无奈，作者定是有所领悟。

《聊斋志异》这个故事中突出的是甘珏的任性妄为。叫出“都怨甘珏”的阿英，不是也很悲哀吗？

第八话 霍女变幻

一

话说周文王第六子（有的说法认为是第八子）处，受封霍国，称为霍叔处。霍国在现在的山西省霍县，祖籍在这片土地上的人都姓霍。一般认为他们是太原人。

霍姓中最有名的，当属汉武帝时代的青年将军霍去病（前140年—前117年），和他的异母弟弟——担任了二十年大将军的霍光。

本篇中的主人公霍女，是一位变幻自在的仙女。

她有些任性，也有些无所事事。

如果遇见看不顺眼的人，就难免想捉弄他一番。

彰德（河南省安阳市）有个叫朱大兴的人物，虽然家财万贯，却是个罕见的吝啬鬼。但此人很好色，只有为了女人才会不惜钱财。

（要说是弱点也是弱点。）

所以霍女很想捉弄捉弄他。

如果不是什么大事儿，吝啬鬼朱大兴是不会轻易请客的。朱家如果来客人，一定是孩子们娶亲之类。平时他家厨房里也没有肉类，可以说是一毛不拔的铁公鸡。

——喜渔色，色所在，冗费不惜。

他每晚都要出门，是为了寻花问柳。他想反正也是乡下的淫荡女子，花不了多少钱，结果在这些女人身上没少花银子。

一晚，霍女独自行走在朱大兴所经之路上，朱果然上钩了。

朱大兴经验丰富，直觉告诉他这一定是离家出走的女子。可惜天黑，看不清容貌，但能感到是个年轻的姑娘。迄今为止，他已诱拐过不少离家女子了，其中也不乏美人。

“哎呀，天这么黑了，你要溜达到什么时候？还是跟我走吧。”

诱拐离家女，要软硬兼施才可。他最终如愿以偿，将女子带回了家中。其实他带回来的，乃是霍女。

在亮处一看，朱大兴大吃一惊，这女子美极了。

“你叫什么名字？”他盛气凌人地问道。

“我姓霍。”女子答。

“你说你姓霍，四处都有姓霍的人家。你是顺天府的霍氏，还是太原府的霍氏，双亲叫什么名字，家住哪，为何来此地，说得仔细一点。”

朱大兴摇着肩道。

“哼！”霍女一改此前温柔可人的态度，“是你叫我来的，现在又问东问西，如果怕惹上麻烦，不如现在让我走好了。”

“这，哎呀……”

朱大兴不忍心放走这么漂亮的女人，急忙搓手道：“是我不好，你别生气，我再不问了。”

朱讨好着，劝她留下来，那晚同眠。

霍女从此住在了朱家。因是朱大兴低三下四哄她留下的，她也便更加肆无忌惮了。

“这什么臛啊，我看着就够了，给我端走。”

看见朱大兴费尽心思做的肉汤，霍女却皱着眉头，摆摆手横过脸去。

同样是汤，有菜又有肉叫作羹，只有肉的叫作臛。朱大兴本想奢侈一次，才特地炖了肉汤。

“汤嘛，我只喝燕窝、鸡心、鱼肚白炖的。”

霍女如此说，朱大兴没辙，只好花高价买了燕窝。好色的他了解女人的价值，只能尽力供奉。

霍女不仅喜欢美食，身子还很弱，每日必须喝人参汤。

“人参汤？”朱大兴吓了一跳，“你知道一碗人参汤要花多少银子啊！”

但是没有人参汤，霍女就不停地呻吟，像是快没命了一样。朱大兴张皇失措，急忙去药铺买。

穿衣服也是同样，霍女必须穿锦绣绫罗，而且穿了几天就嫌旧，不愿再穿。

一个月后，朱大兴用度吃不消，开始缩减花销。霍女便整日以泪洗面，不吃不喝，闹着要走。

朱大兴又慌了，只能言听计从。

接着，霍女又招起了戏班子，十天一次，请人来唱戏。

朱大兴只要见她心情郁闷，就请来戏班，但也不见霍女面露喜色。她只不过想消耗这吝啬鬼的钱财罢了。给戏子和乐师的谢礼，可是相当不菲。

就这样过了两年，朱家已经倾家荡产了。

评论家但明伦在《聊斋志异》这段情节中不无讽刺地说道：说倾家荡产，反正朱家本也不待客，不吃肉，到底有何损失呢？

朱大兴的吝啬，可称是守财奴。虽然他已钱财渐少，花光了家底，家中吃穿用度也一如既往。

他委婉地请求霍女节省开支，霍女知他所剩无几，便同意减少一半预算。即使如此，渐渐地，日子还是难以为继。霍女开始强忍着吃起肉粥，朱大兴总算松了一口气。可不料有一晚，她出去后就再也没回来。

朱大兴早已被她迷得神魂颠倒，发疯地寻找她的下落。

但在霍女看来，她惩罚铁公鸡的目的已经达到了。

二

不久，霍女又出现在邻村的何氏家。说来也奇怪，没有任何预兆，她便出现在主人的寝室中。

何氏乃是世家，也就是代代受禄的家族。何家人是村里最高的名门。

——豪纵好客，灯火达旦。

这家人和朱大兴截然不同。

“你从何处来？”

和途中搭讪的朱大兴不同，此人问得唐突。

“我是从朱大兴家逃出来的小妾。”霍女实话实说道。

“啊，朱大兴的小妾！”

他和朱大兴早就认识，那个小气鬼能娶到这样的小妾，很令他吃惊。但他知道吝啬的朱大兴十分好色，小妾逃出的理由也就不言自明。

事不宜迟，卧室里只剩他二人，这朱家小妾越看越美，何氏也是气血方刚的男子，心想反正是别人家跑来的小妾，不如据为己有，决定了心意。

私通几日后，何氏也被霍女的魅力俘虏。到底是女仙，非凡常女子啊。

没过多久，霍女又开始奢侈任性了。但这次不是朱大兴一类的吝啬汉，事情进展得更加顺利。在宠溺美女这一点上，谁都是一样的。

其间，朱氏竟也获知了霍女的下落。就在邻村，想知道并不费力。朱氏对霍女的热情，仍未冷却。而何氏方才得手，热情更是节节攀升之中。二人当然说不拢。朱大兴于是坐在何家门前每日大闹要求归还霍女。

没有任何进展。

朱大兴无奈，只好去衙门告何家。

何氏是世家，自然和为官者交往甚密。而吝啬鬼朱家，也与官家搭不上腔。于是衙门以该女子来历不明为由，拒绝审理。

在那个贿赂为道的政治时代，打官司不送银子是不行的。

吝啬与好色，朱大兴的双重性格开始争斗，好色占了上风。

（钱再多也带不去阴曹地府……）

朱氏干脆变卖了家产，贿赂官员，收买上层，终于诉讼成功。

对朱大兴来说，这是最后的孤注一掷。

霍女却满不在乎道："我去朱家本来也无媒妁之言，彩礼之约，怎么能说我是你朱大兴的所有呢。我想走就走，怕你什么。"

不必说，何氏自然欣喜满怀。

"打官司怕什么！"他在席间卷起袖子道。

但是在场的一位姓顾的客人劝谏道："收留别人逃亡之妻本就不合法令，何况此女子来后每日挥金无度，谁能承受？"

何氏听罢恍然大悟，于是放弃打官司，将霍女返还给朱大兴。

视女性为物品，争夺所有权，从现代伦理观来看，是极不愉快的话题，在当时却稀松平常。

但明伦又在此段表扬道：何氏能至此觉悟，因他既非吝啬鬼，也非十分邪恶之人，才有挽救之机。

可如果他真爱霍女，放手就是不负责任。如果不是真爱，只是为了玩弄女子的肉体，就不能说是挽救了。

霍女虽然回到了朱家，但只待了二日，便又逃了。

变化自在的霍女，闲来无事，让铁公鸡尝尽了苦头。

她正想继续惩处用先祖的遗产玩乐之人，结果刚开头，就冒出一个姓顾的多管闲事之人，使她计划落空。

接下来做些好事吧，霍女盘算着。

她敲响了一家人的大门，门虚掩着，里面看上去穷酸破落，毫无威势。

三

这是一名姓黄的秀才家。黄生通过了县试，目前省里的乡试尚未及第。不通过乡试成为举人，就不能做官。因此，黄家尚很贫穷。于是先妻离他而去，他成了孤家寡人，日子过得很凄凉。

却说黄生开门，眼前一亮，是一位美人。她如实介绍了自己的来历。忠厚老实的黄生虽为女子的美貌惊叹不已，但又不敢将人妻据为己有，于是非常烦恼。最初，他还拒绝这位不请自来的美人，渐渐地终于心动，接纳了她。

到底是美貌制胜啊。

那以后，二人像恩爱夫妻那样度过了数年。朱大兴由于诉讼一事千金用尽，觉得自己反正也养活不起那奢侈女子了，就放弃了寻找。

有一天，霍女忽然说要回娘家。

“你不是说娘家没有人了吗？”黄生奇怪地问道。

“我当时不过是随口说说。其实我是镇江人，因为嫁给无用之人，只好四处流浪。娘家还是很富裕的，我们可以去投靠。”霍女答道。

“既然如此……”

黄生也一直觉得不能总过这种贫穷日子，要想想办法。与在朱家和何家不同，霍女每日起早贪黑，料理家务，勤快麻利。黄生深受感动，也想为了她摆脱贫穷的日子。

于是，二人乘着轿子向南出发。霍女的娘家在镇江，坐落在长江南岸。二人一起来到江北的扬州，在岸边停船。

运河的发源地扬州，是繁华的商业都市，住着许多穆斯林商人，游船在江上来回穿梭。那些色彩华丽的船型屋叫作画舫，乃是扬州名物。

一座画舫从旁经过，里面坐着一位富家公子。他从窗外看见了霍女，为她的美貌震惊。船本已经过，又划了回来，紧紧跟在她的小船后面。黄生并未注意，霍女却知道。

“夫君，我们家虽很穷，但我却有办法。”她突然对黄生说。

“什么办法？”

“我们这么多年都没有孩子，你干脆把我卖了，娶妻成亲吧。”

黄生开始以为她开玩笑，却见霍女一脸严肃，忍不住大惊失色。结果她真和船头的老板娘谈起了卖身。

“旁边不是盐商家公子的船吗？包在我身上了。”老板娘上了邻船。

不一会儿，交易成功了。

黄生坐在那儿只是发呆，大概是霍女给他施了某种法术。黄生在心里拼命叫着：“到底是怎么了！”却一动也动不了。身上好像被五花大绑，简直像做梦一样。

“这不是梦！”

他对自己说。但霍女跟着船头妈妈上了邻船的情景，以及盐商的画舫像箭一样远去的模样，他目睹着都似做梦一样难以置信。

上邻船之前，霍女曾回头向他道别，从她的表情、动作中，看不出一丝留恋。随着盐商的画舫越去越远，黄生终于大声喊出：“快追那艘船！”他命令船头的船夫。

小船却按原计划到了南岸。船家给黄生送来卖身钱，就急急忙忙返回了。

黄生不知该去何方，眼前的长江滚滚东流，那声音如万剑刺透胸膛，黄生终于忍不住掩面痛哭。

“黄郎！”他听到一声娇滴滴的呼唤。

黄生吃惊地环顾四周，霍女竟站在那里。黄生又惊又喜，担着行礼过来道：“你怎么这么快就回来了。”

“要是晚了，你岂不是疑心我吗？”霍女答道。

黄生越发感到霍女绝非寻常，仔细问她缘由。

“我能让吝啬的守财奴破产，也能惩罚恶人。这次如果和你商议，你一定不会答应。但我们毕竟需要钱。现在不是有钱了吗？不是很好吗？你就别多问了。”霍女说完，雇人夫担了行礼，一起出了船。

刚入水门，他们就看见南面有一处邸宅。走进那宅子，只见众多家人来迎接道：“欢迎，黄姑爷。”

黄生走进宅子，向岳父岳母问了安。这时有两名年轻人对黄生拱手作揖，分别入座。他们乃是霍女的兄弟，大郎与三郎。

饭桌上摆着四只玉盘，装满了不同种类的食物。鸡、蟹、鹅、鱼，都切得细小精致，菜品非常隆重。年轻人们大碗地交杯对饮，豪放地交谈，心情大快。

散席，夫妻二人被带入另一栋房子，独居一室。只见屋内的棉被和枕头光滑柔软，床上并无棕榈或藤垫，只有一张褐色的皮革。

那以后每日，下人老妈子都会送来一日三餐。霍女有时一出门就是一整天，黄生一个人甚是烦闷。

“我们可以回去了吧？”黄生每次这样说，霍女都挽留。

霍女对黄生道：“有件事我是为了你好，我们买个人，为你传后吧？买小妾花费太高，不如你认做我的兄弟，让父亲去谈婚事，一定会有好女子嫁上门来。”

为了不断绝祖先的香火祭祀，买妾生子，是当时的常识，甚至是美谈。花钱买费用昂贵，不如迎娶良家女子为妻。但是，黄生已有妻子，则不妥当。

和扬州江岸卖身的那次一样，黄生仿佛又被霍女施了咒语。就在他呆若木鸡时，事情已经进行了。眨眼间，霍女家和张氏之女，刚死了丈夫的一位寡妇，谈成了婚事。新媳妇名叫阿美，是个美人儿。霍女把她叫作嫂嫂。每当这时黄生便局促不安，霍女却泰然自若。

有一天，霍女来道：“哥哥嫂嫂，我要去南海看望阿姨，一个月左右回来，你们夫妻要好生相待啊。”说完和姐姐出门了。

可这对新婚夫妇，却过得不是滋味。他们独住一户，每日有人送来三餐，却无人来走动。阿美每天去向婆婆请安，总是三言两语就退下。妯娌们站在两旁，也只是礼节性地笑笑。即便阿美留下来，她们也不张口，态度很冷漠。黄生见了父亲，也是同样尴尬的气氛。就算有时兄弟们在场，看见黄生也都沉默不语。

阿美是个聪慧之人，她感受到这种奇妙的气氛后，便诘问丈夫道：“你和你的兄弟们简直形如陌路啊，这一个月来，我一直觉得很奇怪。到底怎么回事？”

“这个……因为我在外十年，前不久才回来的。”黄生含糊其词地道。

阿美便开始连珠炮似的发问。

“你父亲以前做什么？”

“大嫂的娘家在何处？”

“南海阿姨的丈夫做什么的？”

黄生答不上来，进退两难，觉得无法再隐瞒了，便将事情坦白。

阿美哭着道：“我家境虽贫，还不至于给人家做小妾，怪不得嫂嫂们都看不起我。”

现在，她明白了为何霍家人对她态度冷漠，悔恨地哭个不停。

黄生不知所措，只好“上下座”。在中国，“上下座”叫作“长跪”。但并不是单纯的长跪，而是抬起屁股磕头。一直磕不停。

阿美扶起夫君道：“接下来要怎么办呢？”

“我哪有什么办法……你自己回娘家去吧。”

“我已经嫁了过来，怎么还能回去。那人与你虽比我在先，却名不正言不顺。我虽是后来，却是明媒正娶。此事都由那人而起，我最好等她回来，问问她到底要如何处置我。”

“那就这样吧……”

二人商定后，霍女却一直未归。

有一天晚上，黄生听见客厅里传来喧闹饮酒之声，他悄悄过去一看，只见有两个身穿戎装之人坐在上座。一人头戴貂皮头巾，威风凛凛，好似天神。东面的一人戴着虎头皮做的头盔。虎口衔着他的额头，虎鼻虎耳俱全。

黄生惊慌地跑回来，把眼见之事告诉阿美。霍家父子究竟是什么人呢？他如何也想不通。

这一段情节中，但明伦曾插入评论说：连霍女是何人都不知，又怎能知其父兄的身份呢？

接下来两人商量着，到底该怎么办。总之，不能在霍家长住。虽然假称是霍女的兄长，但黄生却不是霍家人。最后，他们决定阿美先回娘家，黄生也先回自家去。那里是霍女曾自动上门的地方，所以她有可能会回来。所以，他们夫妇二人决定暂别两年。

“两年后我去接你，如果等不了，你改嫁也可以，随你。”

黄生与阿美道别说。

不久，他离开家，向霍女的双亲道别。双亲挽留他说儿子们刚好出去了，等他们回来再走吧，黄生不听，径自走了。

四

——登舟凄然，形神丧失。

作者蒲松龄如上描写归途中的黄生。黄生乘舟归还，一副失魂落魄的样子。当小船来到镇江瓜州之时，黄生回头一看，有一艘帆船飞一般地驶来。

待船靠近，才看清楚，船头上按剑而坐的乃是霍家大郎。

“就算你急着回去，也应该再商量商量，把夫人撇下二三年，谁能等得了。”

大郎说话间，舟已靠了上来，只见阿美从船舱中走出来。大郎挽着阿美的手转乘了黄生的船，留下阿美，一跃跳回自己船上，转身走了。

“这到底怎么回事？”

黄生拍着脑门问。

阿美原本回娘家去了。黄生虽是强迫之下和她在一起，却渐渐爱上了阿美。今日在船上时，他还惦记着阿美是否到了娘家。不料本应在家的阿美，却被大郎带到这里。从距离上判断，不可能这么快啊。

“这里是瓜州啊……”

阿美也拍拍自己的脑门，很纳闷儿地看着四周。

“你没有回娘家吗？”黄生问。

“回了啊，刚才我还在娘家呢。”

“啊，你的娘家到这里要花好几日呢……你竟说刚才在娘家。”黄生皱着眉头道。

其实，他和阿美都意识到，霍家一族乃是仙族。现在更加确信了。

据阿美说，她回到娘家，正和父母哭诉着发生的一切，大郎突然驾着车闯了进来。大郎按着剑威胁他们，夺走了阿美，风一般地离开了。阿美一家人大气也不敢喘，吓得战战兢兢，正要阻拦，也没来得及张口。

阿美吓得蜷缩成一团，就这样被投入了黄生的船。

再会的欣喜下，两人将其他抛在脑后，回到家中。对黄生来说是归家，但对阿美来说确是第一次回家。曾经的那个夫家，只是霍氏一族的住所。

夫妇二人心情一转，齐心合力，做起了买卖。眼看着越来越富裕，便修缮房屋，摆脱了贫苦的日子。

黄生原本“蕴藉潇洒，工于内媚”，恐怕比起做学问，考科举，更适合做生意吧。

阿美有两件担心之事。

一是霍女若回来，争夺嫡庶一事。她想想，把自己带到黄生身边的，是霍女的兄弟，而且从神仙的角度来看，应不会和凡间女子相争。阿美自己宽慰自己。

还有一件，就是霍大郎把自己从娘家抢走，父母一定甚为担心。父母又不知详细情况，也没见过霍氏一族的样子，一定以为女儿被恶汉拐走了。

终于，他们和阿美娘家取得了联系，父亲来女儿夫妇一家看望，知道他们过得顺利，也便安心。

阿美父亲道：“霍氏一族一定是神仙下凡，来帮助你们夫妇的。”

不久，阿美生下了一个男婴，夫妇二人给他取名仙赐，意喻神仙所赐。

仙赐十岁那年，阿美让他去镇江祭祖，当然，同去的还有几名侍从。当他们一行人在扬州的旅社休息时，侍从们有时会出门办事。那时候，来了一位女子，将仙赐领到另一个房间，放下帘子，让他坐在自己膝上。

“你叫什么名字？”她问。

“我叫仙赐。”

“你知道这名字是什么意思吗？”

“不知道。”

“你回去问问你父亲就知道了。”

女子说完，给仙赐头上绾了一个髻，将自己的发簪拔下来，给他插上。又为他手上戴上一副金镯子，袖子里塞了金条。

“买书读去。”

“你是谁？”

仙赐已经十岁，故此问道。

“你不知道吗？你还有一个娘亲……回去别忘告诉你父亲……朱大兴死了，却没有棺材，必须帮帮他。记住了吗，朱，大，兴……”

就在这时，侍奉多年的老仆人回来了。他回到旅社的房间，没找到仙赐，又去其他房间找。忽然听见有个房间传出说话之声，他偷偷望进去，竟然是霍女！老仆认识她！他想去打声招呼，就轻轻咳了两声。

结果霍女把仙赐放在榻上，就倏然消失了。他们去问旅店的掌柜，谁也没见过这么一个人。

数日后，仙赐回到家里，把在旅社遇见女子的事情告诉父亲，并且替她传了话。还把受赠的簪子、手镯、金条拿给他看。

黄生见了，慨叹不已。

打听了朱大兴的情况，原来他已经死了三天，横尸在外，无人安葬，也无人置办后事。黄生花了不少银子，料理了后事。

作者蒲松龄在这篇故事结尾，同样以“异史氏曰”记录道：“三易其主不为贞。然为吝者破其悭，为淫者速其荡，女非无心者也。然破之则不必其怜之矣，贪淫鄙吝之骨，沟壑何惜焉？”

我则以为，霍女并非是真在乎朱大兴的遗骨，而是让表达善意的黄生积善行，给他受善报的机会，这才是本意。对于变幻自在的霍女来说，只要想做，捐一个棺材不费吹灰之力。

《聊斋志异》的评论者何守奇说，根据霍女兄弟的两位戎装来客可以判断，霍女的真身，乃是狐。

第九话

云萝公主

一

安大业是卢龙县人，现在河北省唐山地区与之同名的县，大致位于唐山市和秦皇岛市之间。

他生来便能言语，母亲大惊之下给他喝了狗血，他才停止说话。生来能言，是一种癫痫病，被视为不吉。明代李时珍曾在《本草纲目》中说：白狗之血能控制癫疾发作。三国时代的葛氏方亦有介绍：小儿急发癫痫，可杀白犬，祓一升，饮下，并涂于身上。

《史记》中也有记载：秦代，人们在门上涂狗血避凶。祓字，好像在犬上加了一把刀，就是取血的意思。安大业的母亲，正是这样为儿子除灾祈福的。

安大业长大后，变成了罕见的美男子，而且智慧出众，学识过人。名门之家都争相来提亲。他母亲做了一个梦，梦中有人告诉他：

“这个儿子将来会娶一位公主。”

母亲相信了预言，拒绝了一个又一个前来提亲的人，可等到了大业十五六岁的时候，还是没有征兆，她渐渐开始后悔了。

“公主”是天子的女儿，也就是内亲王。在古代，没有主宰婚姻的自由。比如周代，公主的婚嫁是由天子和同姓诸侯来决定的，而秦汉以后，是由三公来决定的。因为是由“公”来掌管，所以天子的女儿叫作“公主”。另外，天子的姐妹则叫作“长公主”。

与天子的女儿成亲不叫“娶”，而是称为“尚”。在封建时代，能尚与公主，是至高无上的荣誉。安大业的母亲怀揣着梦想，可能少年大业也是在半梦半醒之中吧。

忽然有一日，家里飘来一阵神奇的香气，随之出现了一位美貌的侍女道：“公主驾到。”

说罢，侍女开始铺一条长长的毛毡，从门外一直铺到了窗前。大业正丈二和尚摸不着头脑，一位美人已经扶着侍女的肩膀，走进屋来。

那华丽的服饰，娇媚的面容，只能用美丽绝伦来形容，她的光彩照亮了四壁。

侍女连忙将一只刺绣坐垫放在床上，扶女郎坐下。

安大业惊慌失措，忙鞠躬道：“这是何处的神仙，大驾光临？”

女郎用衣袖掩口而笑，侍女代答道：“这是圣后府的云萝公主，圣后欣赏你的才华，特将公主下嫁给你，公主这是亲自相宅来呢。”

圣后府，乃是天上王母的宫殿，“后”和“君”有相同的意思，看起来和古代母系社会有某种关联。中国最神圣的“泰山”，也祭祀着女神，称为泰山娘娘。

那圣后府在天上，所以公主便取名为“云萝”。

“相宅”也是古代用语，可见于《书经》。也就是占卜并选择宅地的意思。公主来相宅，也就是打算住在这里。安大业简直惊喜得说不出话来。公主也低着头，沉默不语。见两人相对无言，机灵的侍女连忙走到屋子一角，用红巾擦拭了放在那里的一张棋盘，请两人对局起来。

下棋又叫对谈，即便不张口，两人也可以对话。大约走了三十几着，侍女连忙搅乱了棋盘说：“驸马输了。”驸马是人间的高手，所以公主只能让六子。

天子之婿，必然会封为驸马。驸马原是汉武帝设立的官名，也就是伴随天子马侧的官职。尚未成亲，侍女就称大业为驸马了，真是快嘴。刚下了三十着，她就算出两人相差六个子，于是为大业布下六颗子，又让他们对局。

不料才下了一半，侍女又把棋了搅乱：“驸马又输了一个子。”

“公主已经累了。”

说罢，她将千两黄金放在床上：“我们这就告辞。方才公主说这房子太小了，你收下这些钱，用于修缮。等完工后我们再来。本月犯天罚，不宜修房屋，下个月是吉利之日。”

侍女说完，便要和公主一同离开。大业上前挽留，关上大门不让她们走。侍女则取出一只似皮囊之物，在地上敲敲，顿时云雾四起，周围立即一片黑暗，什么也看不见了。大业用手探查，却谁也没有。

大业已为公主的魅力所俘虏，对她心驰神往，梦寐魂求，根本等不及遵守禁忌，就急着开工了。他心中只有侍女那句话：“完工后我们再来。”

不久，房屋修缮一新。

二

安大业向来不与人往来，不知怎的，最近从邻村搬来一位叫袁大用的书生，却与他很投缘，二人常在一起，棋技也相当。

袁大用是个沉默寡言之人，但给人的感觉为人仗义，乐善好施。有人为了还债，卖了女儿，袁大用便慷慨解囊，帮人赎回女儿。完全没有吝惜之色。自此，安大业越来越赞赏他。

大业开始修屋的时候，袁大用来向他辞行，说是要搬走。他送给大业象牙箸、伽罗珠等十余件宝贝，还有五百两银子，让他用于修缮房屋。大业把银子还给他，只收下了礼物，还回赠他一条束帛。

谁知过了一个月，发生了这么一件事：有个曾在乐亭做官的人，家财丰厚，家里进了盗贼。那盗贼用烙铁拷问主人，将家中财物网罗一空。家中之人刚好认得那盗贼，就是袁大用，便告发了他。

正巧，安家的邻居姓屠，很久以来与安家不和。安家大兴土木，屠家便觉得奇怪，不知他哪里来的银子。出于忌妒，他时常窥伺邻家的情况。说来也巧，安家的小仆偷了一双象牙筷子，卖给了屠家。屠家便知道那是袁大用送给他的。

不用说，袁大用早已被官府通缉，屠氏连忙将此事报告了官府。

马上，县令派兵包围了安家，由于安大业外出，他们逮捕了安母。

母亲年老体弱，受到过度惊吓，竟吓病了。奄奄一息，两三日不吃不喝，官府只好将她释放。

大业听闻母亲病重，连忙赶回，母亲已是危笃之状。他回家第二日，母亲就过世了。处理好后事，捕吏立即将他带走了。

在审讯时，县令发现大业年纪轻轻，为人稳重，怀疑他是被人诬陷，本无罪过。大业将自己与袁大用交往的经过原原本本陈于公堂。

“你修屋的钱财，是从哪儿来的？”

唯独此问，大业无法如实相告。他只好说母亲为了他的亲事，很早就省吃俭用，积攒起来的。

县令相信了他的供词，整理文书，交送郡审。通常刑事案件，都由县衙判决，再报告给上级郡府。县审的判决，除非特殊情况，是不会推翻的。

秦始皇当年将全国分为三十六郡，其下设县。自隋代起，郡改为州。州、府等单位俗称郡。

大业虽然县审无罪，但邻家的屠氏却不甘休，他贿赂了押送大业的官兵，让他们途中杀害大业，将他推下深山绝壁。

押送官兵正要执行之时，忽然跳出一只猛虎，咬死两名兵士，叼起大业跑了。楼阁深重之处，猛虎放下了大业，只见云萝公主在侍女搀扶下款款走来。

公主用哀伤的语气说道："我很想留下你，可是母亲的后事尚未处理好。你带这文书去郡府报到吧，我会保你无事的。"

说罢，她在安生的衣带上，结了十几个扣："见到太守，万一有为难，你就解开这些结，便可免祸。"

按公主吩咐，大业来郡府自首，太守为他的诚信感到惊喜，只看了看文书，便宣判无罪。于是便无必要解开带结。

从郡府回家的途中，他遇见了袁大用。大业下马握住他的手，讲了自己蒙难的经过。袁大用面色愤然，沉默不语。

“以兄的人才、风采，为何要做玷污自己的事。”

虽然是密友，但是杀害乐亭官吏，夺人钱财，他也不赞同。毕竟大业之难，是因大用而起。

“我所杀都是不义之人，所取都是不义之财。否则，就是路有银钱，我也不会拾起来。你说得确实有道理，可像你邻家那样的人，难道应该存活于世间吗？”

袁大用说完，骑马走了。

大业回到家，办好母亲的葬仪，就闭门谢客了。

有一晚，邻家进了盗贼，杀死了父子十几人，卷走所有钱财，只留下一名婢女。临走时，他点亮灯火说：“你看清了，杀人的是我，与旁人无关。”

说完飞檐走壁而去。

婢女上告官府，县令怀疑安大业知情，再次逮捕了他。

带结这次起到了作用。

在县官的严厉逼问下，大业一面解开带结，一面战战兢兢地回答，终于洗清了罪名。仿佛那带结中蕴含着某种魔力，解开后能够影响判官的思想。

大业再次被释放，回到家后他越发韬光养晦，潜心苦读，足不出户。只有一位行动不便的老妇，为他料理一日三餐。

三

大业开始服丧。

父母之丧为时三年。

即便是当差的人父母去世，也必须行丁忧，停职三年。从年龄上讲，多数人在父母去世时，都是青壮之年。精英级别的人，当前多在担任阁僚职务。至关重要的三年，暂时离开了竞争之地，虽然我们看到巨大的损失，但他们却能获得静心思考的时机，想来也是修行人生的绝好时机。

大业开始服丧时，每日打扫庭园，静待佳音。

果然有一日，院子里充满了奇异的芬芳。大业进屋一看，屋里陈设焕然一新，光照四壁。揭开彩帘，公主正盛装坐在那里。他急忙伏身叩见，公主已拉着他的手道：

"你不信天数，使修宅酿成了灾祸。加之丧母一事，使你我的锦瑟只好推迟了三年。这就是物极必反。天下之事，大抵如此……"

大业为置办酒宴，连忙取出银子，公主却说道："不必如此。"

婢女将手伸进柜中，取出了热腾腾的饭菜，好像刚出锅一样。酒也是芳香四溢。

二人对酌之间，天色渐渐变暗，直至完全黑下来。公主身边的侍女，也都一个个退下了。和初次见到云萝公主一样，她坐在椅子上，把脚搭在侍女的背上，侍女则伏在地上。在现代人看来，这简直不可容忍，是一种人权侵害。而在古代，则稀松平常。唐玄宗与杨贵妃玩双六棋的时候，宦官高力士就是伏在地上，用手臂支着杨贵妃的脚。

此时，公主的侍女们都识趣地退下了。

公主的四肢娇弱无力，显得十分疲乏。腿脚伸伸屈屈，没有着落。冯镇峦曾评价《聊斋志异》说，这里的疲乏无力，不正是明代的仇英所描画的春睡美人图吗？

大业忍不住上前抱起她，公主却说道："先把手放下，现在有两条路让你选，你要哪一条。"

大业搂着公主的脖颈问，哪两条路。

"如果我们只是下棋、对饮之交，便可以共度三十年。如果做真正的夫妻，就只有六年时光。你选择哪一条？”公主说道。

“六年后再说吧。”

大业说完，公主便默许。

“遂相燕好。”原文说道。

“燕”与“宴”是同意。

《诗经》中有“新婚燕尔，琴瑟静好”这样的合成之句。这里不是指新婚的愉悦，而是非难家有原配，却和其他女子结好。是一种露骨的性表现。

“你到底选择了俗尘之路啊，其实我从一开始就知道，这也是命数。”

云雨之后，公主如此说道。

后来，公主让大业雇了仆人，都住在南院，以纺织、做饭为生计。而北院只放着棋盘、酒具等，全然不见人间烟火。

世俗与仙界界限分明。北院之门，大业推门时自动打开，他人进去不得。虽说与世隔绝，但是南院中的事情，公主却明察秋毫。公主若说谁有怠慢，大业去查看，果然如此。

公主寡言少语，很少出声而笑，就算和她说话，她也只是低头微笑。两人并肩而坐时，她喜欢靠着大业。大业将她放在膝上，简直如同婴儿一样轻盈。

他们的房间里布满了锦缎的帷幕，冬天不冷，夏天不热，公主即便在严冬，也穿着轻薄的纱衣。

大业曾让人给她做了衣服，公主穿上后马上脱掉了。

“俗世的尘浊之物，压在骨头上太难受了。”她说。

有一日，大业又把她托在膝上，发现她比平时重了一倍。他觉得很奇怪。

公主笑指着自己腹中道：“这肚子里，已有了俗种啦。”

爱的结晶——仙胎孕育着俗种。

又过了一阵子，公主开始喜欢“烟火之味”。此前她从不吃烹炊之物，孕后反应，她竟改变了口味。大业命人准备了美味饭菜，公主像常人那样吃起东西来。

有一天，公主说：“我身轻体弱，难以胜任生产，我的女婢樊英身体很结实，让她代替我生产吧。”

说罢，她将贴身的衣服脱下来换给樊英，将她关在屋里，过了一会儿，便听见婴儿的啼哭声。打开门一看，是个男婴。

公主喜道：“这个孩子有福相，能成大器。”

于是给孩子取名“大器”。

在中国，孩子名中带有父亲姓名中的字是一种避讳。大业之子不可叫大器。但或许由于是圣后的外孙，所以并未遵从俗世的规矩。

大器被带去南院里抚养，公主后来又不再食人间烟火，身体又复轻盈如前了。

过了些日子，公主说要归省三日，像此前那样拿出皮革掷出，就消失不见了。

可是过了三日，公主还是没有回来。又过了一年，仍然没有半点音信。大业已经绝望了。

从此他闭门锁户，在帷帐下成日苦读，终于乡试及第，考上了举人。他发誓终生不再娶，独自生活在北院，守住公主的余香。

有一晚，大业睡不着，正辗转反复间，只见一道光从窗户射进来，门自然打开，公主带着很多女婢走了进来。大业高兴地起身道："你不是说三日便回来吗？"

"我遵守了约定啊，"公主答，"天上不过才过了两天半。"

"这期间，我在秋季的乡试中及第啦。"

大业以为公主会很开心，说时不免有些得意。但公主听了反而皱起眉头，悲伤地道："功名富贵都是无意得来，名誉耻辱毫无用处，只会折人寿数。三日不见，你在俗尘中陷得更深了一层。"

从此大业放弃了考取功名。原本乡试中及第的举人，第二年可以参加北京的会试，合格之后，便是"进士"，从此进入仕途。

四

数月后，公主又要归省。大业露出悲伤的表情。公主说道：“这一次我一定快些回来，你不必望眼欲穿。人生离合，都是定数，你越是抑制，它就越长，你越是放纵它就越短。”

如她所说，这次一个月就回来了。此后，每隔一年半载，她就要归宁一次，每次要数月，大业也习以为常了。

回娘家又叫作“归宁”，古语，可见于《诗经》。“宁”，无疑是指探望父母是否平安。出嫁的女儿回娘家，探望父母安否，有时也带着夫婿。大业既无官职，又有时间，却一次也没有陪同过。俗人上不得天界啊。

不久，次子降生，又是男婴。公主抱起他道：“此乃豺狼。”想立刻扔了他。

豺狼是一种山犬，这里的意思是孩子性格像山犬一样。在俗世圣后的女儿也能生出豺狼啊。

大业不忍将孩子丢弃，一定要留下来抚养，取名“可弃”。

公主对大业说：“你要牢记，四年后侯家要生个女儿，左肋下有个小痣，将来就是这孩子的媳妇。一定要让他们结婚，莫要计较门第。”

公主认为事关重大，说完还不算，一定要大业立书以为记。

后来，公主回了娘家，再也没有回来。

三国的曹植曾在《弃妇诗》中写道：“无子当归宁。”

归宁就是归里，归后再不回婆家，也叫归宁。再不回婆家，就是离婚，也称作“大归”。

云萝公主大归。她特地令大业将可弃的对象写于纸上，也是因为再不打算回来。

安大业的悲伤、失望，自不用说了。一定比想象中还要更甚。《聊斋志异》中并未提及。

有言在先，做夫妻只有六年，大业怕早已有准备。

公主一次次归省，恐怕也是一次次延长期限，六年的岁月当中，一定穿插了此外的很多时间。

六年后再谈，这只是一种乐观的想法罢了，大业也知道无法再延期。

云萝公主与大业的罗曼史到此便结束了，她为安家生下了两名男孩，哥哥大器是无人可及的理想的继承者，与弟弟可弃简直是天差地别。

大器十七岁科举及第，娶了云氏之女。媳妇娘家姓云，实属罕见，也是应了云萝公主的称号吧。云氏祖籍琅琊，除了宋代名臣云景龙，再无旁人。

云氏媳妇温柔孝顺，大业对长子夫妇非常满意。但却拿可弃没有办法。他净结交些不学无术的无赖之徒，赌博成性，偷盗成习。

大业听从公主的吩咐，去寻找侯氏家女儿。原来侯氏家果然生了一个女儿，长着一个痣。只是家境非常不好。身份较低暂且不说，而且品行不端，谁也不与他们结交。但大业知道公主的话不会有错，便早早和她们定了婚约。

但是，可弃仍旧恶习不改。他把家里的东西拿出去还赌债，父亲用鞭子打他，他也不改。半夜还跑去别人家偷东西，被主人发现，绑起来送到了衙门。县令得知他的出身后，递上名片把他送回家去了。

父亲和哥哥把可弃绑起来，拼了命地猛打，可弃几乎就要断气。哥哥忍不住为他求情，父亲才停下。

安大业过度愤怒下生了病，东西也吃不下了。于是，他给两个儿子分割了家产，阁楼肥田，都归大器所有。他知道分给可弃，一定是转眼之间挥霍一空。

但是可弃不甘心，夜里拿着刀，要杀死哥哥，刀没砍中哥哥，却砍中了嫂嫂。

嫂嫂云氏身上穿着婆婆云萝公主留下的裙子，因为那裙子非常轻软，便当作睡衣。当大刀碰在裙子上，忽然火花四溅，吓得可弃赶紧逃走了。

安大业知道后，病情越发严重，数月后便去世了。

父亲死后，可弃方才敢回家，哥哥仍旧照顾他，他的恶行却毫不收敛。

一年多后，所分田产全部败光，可弃又去衙门状告大哥。衙门很了解安家的情况，拒绝受理，兄弟俩只好恩断义绝。

又过了一年，侯氏家姑娘十五岁了。安大器遵循母亲的遗嘱，为操办婚事，将弟弟叫回家中，给他安排了气派的新房。并且对侯氏姑娘说："虽然不多，但是我为你死守了数顷良田，现在都交给你。弟弟已经无可救药，给他寸草，也是丢掉。今后能否度日，就看你的手段了。他若是能改，就不至于忍饥挨冻。如果不能，我这个当哥哥的也不想再填无底洞了。"

侯氏虽然出身贫寒，却是个聪慧美丽的女子。可弃对她是又怕又爱。连父兄都不怕的可弃，偏偏畏惧妻子，真是不可思议。难道是天上的公主母亲未卜先知。

每次外出，侯氏都规定好回来的时间，如若迟了，便不给他饭吃，可弃只有老老实实地听从。但有时也露出本性。那是一年后两人生了孩子，可弃开始偷家里的东西出去赌博。妻子知道后取下了门上的弓箭，把丈夫堵在门口。可弃连忙逃走。看见妻子回去了，又试着偷偷溜进门。不料妻子拿着大刀冲了出来，吓得可弃连忙逃跑。

原来可弃的妻子早就说过："我从此再也不求人了，靠肥田数顷，我们母子二人可以衣食无忧，没有丈夫也不愁。"

正因如此，她才追着丈夫乱砍。她砍断了丈夫的衣带，砍伤了他的臀部，血流在了鞋子上。

可弃不胜愤怒，去和哥哥诉苦，哥哥却不帮他。第二天，他去找嫂嫂，跪着哭诉，请嫂嫂说情。

但是妻子却不原谅他。

"哼，看我不杀了你！"

可弃抓起大刀出去。

嫂嫂大惊，想要阻止，但大器使了个眼色，暗示她不要插手。

"那家伙说得如此坚决，其实他不敢回去。"

哥哥命人去打探情况，回报说可弃真的回家了。

"不好了！"

大器脸色骤变，马上赶了过去，想要阻止惨剧。却在屋前碰到可弃垂头丧气地走出来。

原来可弃溜进屋时，妻子正在给孩子喂奶，看见丈夫回来，忙把孩子放在床上，拿起了厨房里的刀。可弃吓了一跳，连忙拖刀逃走了。妻子一直追到门外，才返回。

“这是怎么了啊？”

在哥哥的询问下，可弃不发一言，蹲在墙脚哭了起来，眼睛哭得通红。

无可救药的弟弟，这次看上去真是可怜，于是大器带他去向侯氏道歉。

可弃的妻子让丈夫进了门，可是哥哥刚走，就罚他长跪。所谓长跪，就是双膝跪在地上，挺直腰板，比打坐还要辛苦。长跪之下，还逼着可弃发下重誓，绝对不可违抗。最后，用瓦盆给他饭吃。这简直和对待家畜无异，可弃连这样的屈辱也可以容忍。

可弃终于改掉了恶习，开始行善。

由于妻子善于理财，他们的日子越过越好，可弃只是坐享其成。原文用“仰成”一词来形容。

坐享其成，在《书经》里有“垂拱仰成”这样的句子。意思是垂衣拱手，无所作为，也能收获。总之可弃过上了安闲无忧的日子。

直到七十多岁，子孙满堂，可弃的妻子还时常揪着他的胡子，让他跪地行走。

异史氏说：遇见凶悍的妻子和忌妒的妇人，就像毒疮长在骨头，到死方休，乃是剧毒。但砒霜、附子，也是天下剧毒，如果使用得当，也可治愈晕倒、眩晕。即便是朝鲜的人参、茯苓，也不能及。若不是神仙之母洞察到人间的本质，又怎会拿这种猛药加害子孙呢？

第十话 神女

一

中国有“鬼神”一词，原本鬼是指包括祖灵在内的人类之灵，神是指自然之神。不知何时已被混同，鬼，神，都和现实世界越来越近了。

——敬鬼神而远之。

《论语·雍也篇》有云。

这是孔子针对其弟子樊迟对于“知”的提问而做的回答。意思是应该尊敬鬼神，但不能靠近他们。

只是，当逢乱世，横尸四处时，鬼神也就接近人们身边了。

生于明末清初混乱时期的蒲松龄，作为其中一人，便满怀热情地书写了《聊斋志异》这样的鬼神故事。

其中，还有一篇叫作《神女》的文章。

登场人物，是一个姓米的秀才，全名不详。只知道出生在福建省，何县何府不详。蒲松龄写道，已经忘记了讲故事的人是谁。为了使故事看上去更真实，里面使用了小说家惯用的技巧。

作为奇谈怪志的收集者蒲松龄，手头上有各式各样的传说，可能某些故事中的秀才，其姓氏和出生地，真已无从获知了。

米这个姓在《姓氏目录》中有："祖籍京兆，西域米国出身。"

京兆是首都，故事或许发生在西域人大批来唐的时代，那么首都就是长安。从米国来的西域人，祖籍是长安，就算移居各地，也叫作长安人。

西域米国也叫作米穆尔格，第一音节的字和"米"重合。在玄奘的《大唐西域记》中，它作为"弭秣贺国"曾有提及说：

——土宜风俗，同飒秣贺建国。

它是撒马尔罕的一个卫星都市国家，在战后考古挖掘中发现了粟特、阿拉伯等国文字，甚至还有中国文字出土。当时从这块东西交易的要冲之地，必定有许多粟特商人，活跃在中国。

作为米国的著名人物，有北宋的米芾（1051年—1107年）。他以天才文人、擅长书画、言行奇骄著称。明末著名书画家米万钟，据说是米芾的子孙。丝绸之路的米国末裔，似乎都带有艺术家的性格。

这个故事中的米某，有一次进城去喝酒，喝醉了，摇摇晃晃走在街上，听到一户大户人家，传来箫鼓乐声。

他询问当地的人，原来里面在开寿宴。

奇怪的是，门里门外清静异常，侧耳倾听，笙歌鼓乐却热闹非凡。

米生被那乐声深深地吸引，趁着醉意，干脆不请自来。他在附近买了贺寿的礼品，投递了署名“晚生某”的名帖，请人通报。

“晚生”一词与“先生”相对，代表年轻的后辈。

旁人道：“你是这家老先生的什么亲戚啊？”

作为拜访富贵之家的人，米生的打扮看上去有些寒酸。

“不，不是亲戚。”

“这户人家不是这里的官家，只是过路侨居的。话虽如此，却十分富贵显赫。你既然不是他们的亲戚，去拜访也没什么用处。”

“侨”是指寄居的意思，比如，在外国寄居的中国人叫作“华侨”，在当地定居下来的多称为“华人”。

米生已借着酒意递上了名帖，可这家人的口碑却不怎么样。他有些后悔，但小厮已去通传了。

不久，走出两个年轻人来迎接他。这两人的穿着光艳华丽，风采英俊儒雅。他们恭敬地对米生行礼。

米生跟在两个年轻人后面，进了宅子。

在一间厅堂中，正举行着宴会，约有六七名客人，一位老人。老人面南而坐，主宾看上去都是身份极高之人。米生进屋后，大家都站起来同他打招呼。面南的主人拄着拐杖站起身来，并未离开座席。方才的年轻人代为招呼道："家父上了年纪，站起来待客已很困难，就由我兄弟们感谢您的到访吧。"

表示欢迎之后，他们在老人旁边设了一个席位，请米生坐下。

不一会儿，"女乐"之声响起，是女子演奏的乐声。《论语·微子篇》中有：

——齐人归女乐，季桓子受之，三日不朝。孔子行。

齐国曾赠给鲁国女歌舞伎八十人和三十辆四匹宝马拉的车，使其国政堕落——见于《史记》。国家最高相国季桓子耽于享乐，三日不理朝政，时任大司寇的孔子深感绝望，离鲁国而去。

女乐自古就是玩物丧志、非常奢侈的娱乐方式。

乐声响起，宾客们暂时停止了交谈。演奏结束，两名公子便开始轮番劝酒。

——杯可容三斗。

可知酒杯很大。清代的一斗，大约是一升，无论是什么样的巨杯，也显得太大了。

客人们都在喝酒，米生碍于情面，只得一起喝。可他原本已喝过，于是大醉倒下。

迷迷糊糊觉得有人给他脸上喷水，才恢复了意识。

一看，客人都散了。

名年轻人搀扶着他，送他出门，他这才回家。后来，过了段日子，他又从这户人家门前经过，老翁一家却已搬走了。

二

米生从县城回来，在市场闲逛，碰见一个陌生男子，邀请他道：“一起喝一杯吧。”

米生姑且跟那人走进酒馆，看见同乡的鲍庄也在里面，和那名男子似乎认识。

他问鲍庄那男子是何人，鲍庄说他是市场上磨镜子的，姓诸。

“诸兄，你为何认识我呢？”

“前些天，你不是去祝寿了吗？你认识那户人吗？”

“我不认识。”

“我经常去那家所以非常熟悉。那家主人姓傅，但我不知他是哪省人，任什么官职。你去祝寿的时候，我正好在，所以认识你。”

日薄西山，再干一杯，米生便要和二位道别。

就是这样寻常的一日，彻底改变了米生的命运。

那晚，鲍庄遭到了暗杀，凶手不明。而当日在市场上，很多人看见米生他们在一起喝酒。磨镜子的诸姓男子似乎是府城里人，当地人都不熟悉。鲍庄的父亲当然不认识姓诸的，于是便认定是米生杀了儿子，去衙门告发米生。

米生以谋杀罪被判处死刑，受尽了各种拷问。但因找不到诸生，无人能证明他无罪，只好在大狱中关押了一年多。

直到直指使巡视地方，才了解到他的冤情，释放了他。可是家中田产已荡然无存，秀才的身份也早被革除。

清代，皇帝直属的巡视官叫作直指巡抚，直指的意思是受皇帝直接指挥。他们穿着特有的刺绣的官服，叫作“绣衣直指”。具有超越地方的检察官、裁判官或地方官员直接审理案件的权力。

所以说，对直指巡抚申冤，疏通关系，一定要花不少银子，必然弄得倾家荡产。

米生想，至少要恢复秀才的功名。他整理行装，向府城出发了。当天色已晚时，他感到身体疲惫，于是坐在小路边休息。此时开来一辆妇人乘坐的小车，车的两侧跟随着身着青衣的侍女。当车从米生身旁经过的时候，突然停下了，只见车中人向侍女们吩咐了什么。

一名侍女走过来道：“你是米秀才吗？”

米生大惊道："我正是……"

"你怎么看上去如此落魄呢？"

米生说了自己的遭遇，并说自己准备去府城，向学使讨回身份。负责科举考试的正式官职，在省府叫"学政"，由中央派遣的叫"侍郎"，普通的叫"学使"。府州以下叫"学正"，他们不是受派遣而来，而是常驻当地，权限并不大。秀才是初级资格，所以恐怕要和学正讨回。

侍女去向车中之人通报米生的讲述，不一会儿便回来，带着米生走向车前。片刻，从车中伸出一只纤纤玉手，打开了卷帘。只见里面是一位绝代佳人。

佳人对米生说道："你毫无缘故地遭受这飞来横祸，我听了不由叹息。如今这学使衙门，也不是空手能够进出的。路上我也没带什么东西……"

说着，她从头上摘下一朵珠花交代他道："这东西能卖百金，你收下吧。"

米生接过珠花，正要问她是谁家的小姐，不料弯腰行礼的工夫，那车已一溜烟地跑远，看不见了。

他来到府城，投上诉状，上上下下都要勒索财物。他拿出珠花看看，不忍心为了些贪财之辈，舍弃这件馈赠。

一气之下，他打道回乡。虽然没讨回秀才的身份，但他有信心通过科举再次考取。

米生失去了住所，只好寄居在哥嫂家里。哥哥勤劳贤良，米生虽贫穷，但仍能读书。

第二年，米生去参加府城的童试。他曾经及第过一次，只要及第，就是秀才。

可不知怎的，他却半途迷路，误入了深山。正值清明时节，山中很热闹。正如中国清明节的别名“扫墓节”，扫墓的时节到了。

人群中，他看见数名女性骑着马迎面而来，其中一名女子，竟是上次车中的佳人。佳人停下马来，问米生要去什么地方。米生详细解释了缘由，佳人吃惊地道：“你还未取回秀才之名吗？”

米生多少有些羞惭，从衣服中拿出那朵珠花，说：“我不忍心舍弃它，所以现在仍是童生。”

佳人脸红道：“稍等片刻。”说完缓缓骑马走了。

不久，一位侍女骑马奔来，交给米生一个包裹。

“姑娘说了，如今学使就像开交易市场一样，我给你两百两银子，你用它做及第的资本吧。”

米生想要推辞：“我受小姐恩惠已经够多，靠自己的实力及第，并非难事，我不能再受小姐恩惠了。倒不如告诉我你家小姐的姓氏，让我画了画像，焚香供奉方能满足。”

侍女却丢下包裹，头也不回地走了。

三

此前连遭厄运，自从佳人赠送了珠花和银子，米生仿佛转运了。

米生靠自己的实力，在县试中首席及第。他把佳人送的银子给了哥哥。哥哥用这些银子，三年之间，恢复了家业。

正巧新上任的福建巡抚，是米生祖父的门人。但米生耿直清廉，虽和大官通好，却从未去求见过。

有一天，来了一位客人，身穿裘皮，下跨骏马，家中谁也不认识他。米生出门一看，竟然是傅公子。

几语寒暄过后，米生吩咐人准备酒肴，公子称有要事，推辞了，但并未马上离开。当酒肴备齐，公子忽然起身“请间”。“请间”的意思是避开他人，借一步说话。

当米生带他来到里间，公子马上拜倒在地上。米生问他缘由，他充满悲伤地道："家父现在大祸临头了，只有去求巡抚才能得救，此事非米兄出马不可啊。"

"不可。他与我虽有世交，但我从不因私事求人。"

公子伏在地上哀求米生，但米生毅然答道："我与公子只有酒场上的一面之缘，你怎么能强迫我做出有辱名节之事呢。"

傅公子倍感羞惭，起身走了。

过了一天，米生独坐在家中，走进来一位青衣侍女。仔细一看，竟然是山中送他钱财的那一位，他连忙吃惊地站起来。

"你忘了珠花的事情吗？"

"小生莫不敢忘。"

"昨日来求你的，可是小姐的亲哥哥啊。"

听完此话，米生心中窃喜，却未表现出来。

"这我可不敢信。如果是小姐亲自来见我，只要她一句话，就是上刀山，下油锅，我也在所不辞。否则恕我实难从命。"

侍女无奈，只好骑马离去。待到天明时分，又返了回来，敲门进来道："小姐来了。"

侍女话音未落，那佳人就带着悲痛的表情走了进来，对着墙壁只是哭泣，一字不说。

“若不是小姐，小生便没有今天，小姐有何吩咐，小生只有唯命是从。”米生下拜道。

“被求之人常看不起人，有求于人只好畏畏缩缩。我半夜里四处奔波，从未受过这等苦楚，都是求人畏人的缘故啊，还有什么好说。”

听了佳人一番怨恨，米生连忙劝慰道：“小生之所以没有立即答复，只是担心错过了这次，就再也没机会见到小姐了，不想却让小姐深夜奔波，实是我的罪过。”

他拉着佳人的袂，却偷偷伸进手去碰触她的肌肤，袂，是衣袖的意思。

佳人大怒道：“禽兽！你不念往日之恩，竟然乘人之危，我看错人了！”

她愤然走出门，要乘车离去。

米生连忙追上去，跪在佳人面前挡住去路，连声道歉。侍女也在一旁帮着求情。佳人稍稍平息怒气，在车中说道：“实话对你说吧，我并非凡人，而是神仙。父亲是南岳都理司，因得罪了地方官，马上要被起诉到玉帝那里，如果没有当地巡抚的官印，就无法解救。你若念我的恩情，就用一张黄纸为我求取信印。”

说完，车开走了。

米生惊惧不已。

那佳人竟不是凡人。

南岳是湖南省衡山，五岳之一。五岳作为镇国之山，天子常常巡行祭拜。每山各有封神，掌管着人间生死。佳人之父是南岳之神，不知为何会得罪下界的地方官呢。虽不知具体原因，但可见天上之神也必须和人间官吏保持良好的关系，如有怠慢，也会受到天帝的惩罚。为了阻止此事发生，只有获得地方官的文书官印。因此处属福建省，所以神女交代要用黄纸取得巡抚的官印。

米生以用于驱邪为理由，向巡抚申请官印。

巡抚不与，认为此乃迷信，不与协力。

侍女在米生家门口等待吉报，米生只好对她说："请回去告诉小姐，我就是豁出性命，也要办成此事。"

那晚，米生思来想去，彻夜未眠。

碰巧，米生打听到一件事：深受巡抚宠爱的小妾要买珠子。于是，米生就把佳人的珠花送给了她。那小妾人是喜爱，就按照米生的吩咐，偷偷帮他拓了印信。米生怀揣着黄纸回到家中，刚好侍女来了。

"幸好成功了，这可是我多年来贫困潦倒都没卖掉的东西，如今却为了它的主人舍弃了。"米生对侍女诉说了原委。

"就算丢掉黄金，我也毫不可惜。请你对小姐说，那只珠花，一定要赔给我才行。"

几天后，傅公子来见米生，请他收下黄金百两。米生作色道："我之所以相助，是因为令妹无私地帮助过我，否则，就算给我万两黄金，我也不会做有损名节之事。"

此处的名节，对米生来说，就是绝不会利用巡抚和祖父之间的师生关系。

第二天，侍女又带来了百粒珍珠，但米生还是不受。

"我甘受贫贱，也未卖掉珠花，是因为对小姐的念想。如今知道小姐是神仙，我失去了唯一的希望，就算能报答她万分之一的恩情，也万死不辞。"

侍女无奈，只好带回了珍珠。

几天后，傅公子再次来拜访。

"你的确是一位贞介之士，我们兄弟目不识珠，在小妹面前自愧不如。家父感激你的恩德，无以为报，想把小妹许配给你。只是幽明有别，不知你是否介怀。"

贞介，意思是耿直正派，特立独行。幽冥，是指天上地下有别。

米生听了自然不胜欣喜。高兴得说不出话来。

公子走时说道："明晚是七月初九，新月之日，正是天孙嫁女的吉日。你须备好青庐。"

天孙指的是织女星。

按照当时的婚礼习俗，新郎家中，要在新妇房门口装饰青色的蔓布，称作青庐。准备青庐，实际就是准备婚礼的意思。

四

如此，婚仪之后，又有后话。

米生与神女的感情如胶似漆，却无一子半女。或许是天人凡人自来有别，无法孕育子女之故。

于是，哥哥在外出经商的时候，给弟弟买了一个小妾。小妾姓顾，名叫博士，乖巧可爱，深得米生夫妇喜爱。他们发现博士头上戴的珠花，和神女此前送与米生的那个很像，仔细一看，真是那个。

询问之下，小妾说：“巡抚的小妾去世之时，她的侍女盗出珠花，卖给了我父亲，父亲送给了我。后来父亲去世，我被寄养在姨母的母辈家，她几次要将珠花卖掉，我投井觅死，才保住了珠花。”

博士不仅乖巧可爱，也很聪明，不知何时，她觉察到女主人并非凡人。

“夫人眉目之间透着仙气，肌肤之美也不同凡人。”

“你如何能证明？”米生笑道。

“如果她是神仙，我想要的东西，只要拼命祈求，就一定能得到。”

“你想要什么呢？”

“夫人最近穿的袜子特别好看，我想要她的袜子。”

“那你就祈愿试试吧。”

第二天，神女起床，突然翻起箱子，找出自己的袜子。

“把这个送给博士。”

米生不禁失笑，神女奇怪地问他为何，米生便将博士的计划告诉了她。

“真是个狡黠的婢子。”

原文用“黠”来形容，意思是狡猾。但神女这么说并不是出于嫌恶，而是饱含着喜爱。从此，神女更加怜爱小妾，博士也毫不辜负神女的善心，更精心地侍奉神女。

后来，博士生了一对双胞胎儿子，和神女两人分别抚养。

年复一年，待到米生八十岁时，神女还像少女一样年轻。

当米生病入膏肓时，神女请来木工，做了一副棺材，比普通棺材大一倍多。

米生过世时，神女并没有哭。按照中国的丧礼，哭是必须的仪式。神女未按照常规吊丧，她趁着家人都出去的时候，自己爬进了棺材。家人回来一看，她也躺在里面死了。

于是，家人便将他们合葬在一起。当地的人至今都把那座墓叫作大材冢。

评论《聊斋志异》的何守奇，曾提出过这样的疑问：神女既然是神，为何会死呢?

带着这个疑问，恐怕就无法愉快地读《聊斋志异》了。又或者一个一个分析这些疑点，也是读《聊斋志异》的乐趣之一吧。

而且，究竟是谁杀害了同乡的鲍庄，到最后也没有说明。冯镇峦在评注中表示同意地说：“然而也不必说明。”

第十一话

黄英和其弟

一

菊花是日本皇室的徽章，但《万叶集》中却没有任何一首歌颂菊花的和歌。

美国文化人类学者本尼迪克特女史，在其日本文化论著书中，使用了《菊与刀》这个题目。菊被看作日本的标志。但对于日本来说，菊却是外来植物，是于奈良时代，也就是8世纪以后引进国内的。

陶渊明（365年—427年）爱菊，他有一首名诗：

——采菊东篱下，悠然见南山。

在真正的菊引进之前，日本知识人一定不知道菊为何物。此诗曾经收录在《文选》当中，《文选》是推古天皇（593年—628年在位）引进的，那个时候应该还没有菊的实物。在那个没有照片和绘图的时代，虽然日本人知道名称，却不知其样貌，是一种奇妙的认知状态。

日本人虽不知其形状，但却知中国文人非常喜爱它。九月九日重阳节，中国人有饮菊酒的风俗传统，日本的贵族们，应该也是通过文学作品得知的吧。

引进之前，菊花作为高贵之花广为人知。实物进入日本后，对于其栽培方法感兴趣的，恐怕只有日本贵族。它似乎是作为宫廷园艺而培植的。

陶渊明之后，还有许多爱花之人，他们沉醉于菊的美，呕心沥血精心栽培，得到了新种。在明朝周履靖所著的《菊谱》中，有两百二十多种名称。而在其之前五百年前北宋的《菊谱》中，仅仅只有三十多种。爱菊之人倾注的努力可见一斑。

菊与梅、兰、竹并称四君子，前面说的周履靖，因痴迷梅花，号梅颠道人。同为四君子的菊，也有以之名家的。

爱菊之人众多，能称作文人的，大都爱菊。比如顺天府（北京地方）的马家，世代从文，代代爱菊，到了马子才这一代，更到达了爱菊的顶点。

此人自幼在菊丛中长大，只要是有关菊花的事，他无所不知。若是听说有菊的佳种，更是不远千里前去购买。

有一天，一位金陵人在马家借宿，说自己的表亲有一两种北京没有的菊种。听此，马子才立即收拾行装，随此人去金陵。

在中国，同样是表亲，也要做区分。同姓的（父方）叫堂兄，不同姓的（母方）叫表兄。金陵之客所说的表亲，从礼教原则来看，血缘已经相当远了。即便如此，在那人左右斡旋之下，马子才终于弄到了两棵芽，像宝物一样包起来，带回了京城。

返途中，马子才看见一个年轻人，身跨毛驴，款款地跟在一辆油壁车的后面。油壁车，是一种用油漆涂饰车壁的车，由于看不见内部，通常是女性乘坐的。

那年轻人大约十七八岁，是一位纤瘦英俊的少年。不知何时，马子才开始和少年搭起话来，原来他们是同路，年轻人姓陶，和爱菊诗人陶渊明同姓，子才便感到与他亲近了起来。年轻人问他出门做什么，他如实相告。

“菊的品种固然重要，但菊是人来培育的，更重要的是培育之人。”少年说。

于是，两人讨论起菊的培育来。他乡遇知音，子才大为喜悦，问他要去哪里。

“家姐在金陵住厌了，想移居河朔。”他说。

朔，指农历初一，方位上指北方。

子才满心欢喜地道：“我虽家贫，但家有茅草屋可住，你们若不嫌弃荒陋，就不要找别的地方了。”

年轻人走到油壁车前，和姐姐商量起来，车中之人卷起了帘子，所以能看见她的样貌。

那是个二十多岁的绝世美人，他对弟弟说道："住处怎么都好说，只要院子足够大就可以。"

马子才代替少年答道："好，好，就这么定了。"便把姐弟二人带回了家中。

马家虽然邸宅不大，但是土地广阔，正符合条件。宅子南面有一处荒芜的土地，还有几间简陋的小房，经受着风吹日晒。陶氏姐弟很高兴地住了下来。

马子才在北院里种菊，年轻人每天都过去帮忙，那些枯死的菊花经他重新翻种，都奇迹般地复活过来。

少年的姐姐叫作黄英，子才的妻子吕氏很喜欢同她交往，二人常在一起做针线活儿，唠家常，不亦乐乎。就这样，白天，陶家姐弟一直待在北面的马家，饮食也在一处。

平静的日子日复一日，大家过得都很开心。有一天，却掀起了风波。

二

“把菊花拿去卖吧。”

一日，少年说道。

每天在北屋同吃同乐，南屋的陶氏姐弟早已习以为常。姐姐把弟弟叫作三郎。

“你们家中也不富裕，我们每天在这里吃住，添了不少麻烦，不能总这样。不如从今以后，我们靠卖菊为生吧。”三郎说。

马子才向来只爱沉浸在兴趣当中，不问俗事。

“我一直当你是风流高士，安贫乐道，你竟说出这样的话。献东篱于市井，这是对菊的侮辱。”子才说道。

东篱，乃是陶渊明采菊之处，菊和东篱非常相称。卖菊花，把菊运到嘈杂的市井上去，令子才感到非常愤慨。

三郎笑着说道："自食其力，算不得贪，以卖花为业，算不得俗。人当然不能贪图富贵，也未必就该追求贫穷啊。"

听此，子才片语不言，三郎只好起身而出。三郎把北院里丢弃的菊枝、菊苗，全部都捡起来。那些都是子才丢弃的。

从那以后，陶氏姐弟再没去过子才那里。当然也不是断绝了关系，如果子才派人请，他们还是会去的。

那是菊花始放的一日，门前简直如市场般热闹。子才感到很奇怪，过去一看，镇上的人都来买花了。

他们有的把花放在车上运走，有的用肩膀扛走，把路堵得水泄不通，生意真是一派繁荣。

子才觉察出三郎的贪欲，打算和他绝交。但是看见大门口卖的菊花，全部是珍稀品种，自己至今从未见过。他忍不住推开了门，正要说什么，三郎已走出来握住他的手，把他拉了进去。

才子一看，曾经荒芜的南院，变成了半亩菊田。中国的亩大约是五六公亩，非常大。除了姐弟两人住的小屋，就没有空地了。挖去菊花的地方，又插上了新枝。那些含苞待放的田里，全是珍奇品种，仔细一看，都是子才以前丢掉的。

三郎从小屋里端出备好的酒肴，在菊田旁席地而坐，说道："我因贫困，不能守清规，幸好每天积攒些钱，可以招待你一通了。"

过了一阵，屋里传来"三郎"的召唤之声，三郎应声进去，很快，又端出了丰盛的饭菜。虽然子才是突然到访，饭菜的手艺却毫不怠慢。

"家姐为何还不嫁人呢？"子才忍不住问。

"时机未到。"

"要等到什么时候？"

"还有四十三个月。"

"啊，四十三个月，这是什么意思？"

三郎笑而不答。

带着满腹不满而来，子才走的时候却心情大好，而且第二天，很快又来了。他发现，昨日新插的菊枝，已经长了一尺多高，更不可思议的是，当子才苦苦哀求种植的秘诀，三郎却答道："这不是言语能传授的，你反正不为生计而种菊，也就没必要掌握这本领。"

数日后，客人渐渐少了，三郎就用蒲席把菊花包好，装在车上，出门去了。

过了年，春天也过去了一半，三郎带着南方的珍奇菊花回来了。他在城里开了花店，十天就卖光了所有菊花。然后回到家中，像以前那样，开始专心种菊。

去年卖出去的花，过了年，花根又变成了普通的残根，所以去年的顾客无论如何也要来三郎这里买花。

于是，陶家越来越富有，一年后盖了新房，第二年又加高了楼层，自己想怎么修就怎么修，从不和主人子才商量。

最后，菊田也变成了房屋，陶生在墙外另购田地，周围筑上土墙，全部种上菊花。

到了秋天，三郎又载着花出门，春天过去了还没回来。这期间，马子才的妻子病故了。

子才喜欢黄英，于是悄悄托人向黄英表白。黄英听后只是微笑，并未拒绝，想等到三郎回来。

可那三郎过了一年多还未回来。这期间，黄英雇人继续种植菊花，用的是和三郎相同的方法。生意越来越好，局面一片繁荣。黄英存了一大笔钱，就在村子不远的地方买了二十顷良田，邸宅也越建越阔气。

有一天，有人从广东过来，给子才带来了三郎的信。子才打开一看，三郎要把姐姐嫁给他。看了信上的日期，竟然是子才的妻子过世那一天。仔细算一算，离上次他们在菊田旁饮酒，正好是四十三个月。

子才把信给黄英过目，与她商量办婚事的日期，黄英却推辞道："你的宅子太小了，你搬过来可好？"

"那不是成了上门女婿吗？那可不行。"

子才执意不肯，只好选了吉日，黄英嫁到了马家。

三

嫁到马家后，黄英仍然继续种菊的工作，生意一如既往的好。

菊花不仅有观赏功用，还有药用。

《本草纲日》就把菊花作为药材列举，并介绍其功效：久服可利血气，轻身，抗衰，延年益寿。

另外，还可以治愈腰痛，除去胸中烦热，安稳胃肠，利五脉，调节四肢等等。

河南省南阳的甘谷住民，百岁以上的长寿之人很多，据说是因为用甘菊汁液配合山泉水长期饮用的缘故。

浙江杭州的水叫作杭菊，至今仍用来泡茶，有清热解暑的作用，效果好得难以预料。

菊别名日精，加入白菊汁的仙药也叫作日精，非常珍贵。重阳饮用菊酒，也不单纯是风俗，而是期待其药用效果。

不过，来北京的陶家求购菊花的，都是诚心爱菊之人，有不少都是来求取稀有珍贵品种的。而且仅仅一年时间，就积累了众多熟客。

黄英虽说嫁到了马家，但由于生意繁忙，仍必须振兴陶家的家业。所以，她在马家的墙上开了一个门，直接通往南邸的陶家。如此，黄英便能从这扇门监督陶家的种菊工作了。

子才由于妻子很富有，受她的恩惠，觉得脸面无光，于是把南院和北院严格区分起来，并且分立账户，以防混淆。但是，只要是必要之物，黄英就会从南院拿过来，结果不出半年，家中之物全是从陶家带过来的了。子才见状，二话不说，马上一件一件送回南院，并下令再也不许拿过来。结果不到十天，又恢复了此前混杂的状态，子才只好又送回去。反反复复好多次，子才终于感到厌烦了，不愿再计较。

黄英笑道："你这是效仿陈仲子，未免廉洁得过了吧？"

陈仲子，战国齐国人，字子终，隐居在於陵，又称於陵子。楚王听说他贤德，想招他为宰相，命使者带来黄金百两。

陈仲子对使者说："家有糟糠之妻，容我与她商议。”走进了屋去。

“如成为宰相，可乘四匹马的马车，饭菜摆满了方丈大的饭桌。”

听了夫君的介绍，陈仲子的妻子道：“左琴右书，难道不足以为乐吗？就算四匹马的马车，坐下来只需要容纳膝盖那么大的地方。就算餐桌有方丈，也只能吃一点而已。但是为了楚国之忧而忧，有乐趣吗？乱世之下不知会发生什么。”

陈仲子拒绝了担任宰相，但是朝廷用各种方法逼他接受，他们夫妇只好逃离家乡，雇人种植庄稼，耕田灌溉，过着自给自足的生活，“这难道不是夫妇一心同体吗？”

黄英提出陈仲子的大名，就是想说明这个道理。

从那以后，马子才再也不为此怄气，凡事听凭黄英主张。

于是，黄英请来工匠，做起了巨大的房屋改造工程。木工和石匠齐齐出动，连续建造了几个月楼阁，最终将南邸和北邸合为一体，分不出彼此。作为交换，她也听从子才的劝告，关起大门，终止了买菊的生意。那薄暮之景，就好像是持续数代的名门之家。

但是马才子心有不安。

“我二十年安贫乐道，却因为你，丧失了名节。我活在这世上，还要靠妻子支撑家业，维持生计，没有男人的尊严。人人都追求富贵，我却只想过贫穷的日子。”他叹气说。

黄英对曰：“我并不是卑鄙贪婪之人，但如果不积攒些财富，会让后世之人说，爱菊的陶渊明，贫穷到了骨子里，多少代也没人发迹。所以我才要替彭泽公恢复我们陶家的名誉。但是贫穷之人变富很难，富有之人变贫却很容易。我赚来的钱，你可以随意挥霍，我都毫不吝惜。”

“花他人之钱也不光彩。”子才道。

“你不想大富大贵，我也不想穷困潦倒，没办法，那只好分居生活了。清者自清，浊者自浊，这样总可以吧。”

黄英在庭院里建了一所茅屋，找来漂亮的侍婢，照顾子才。

子才过上了心中贫困的生活，终于安心了。可是，过了几天，又开始想念黄英，让人去叫她，她却不来。没办法，子才只好自己回去。隔一宿回去一次，渐渐习以为常。

“在东屋吃，在西屋睡，这真的是清者自清吗？”

黄英笑道。

子才无以对答，只能讪笑。

于是，两人又恢复了同居生活。夫妇间的风波，到此结束。

四

一次，马子才去金陵办事。至于甘受贫困的他办什么事，无从得知。

正巧是秋天，菊花盛开。不用说，爱菊的子才定会去花市看看。经过一家小店，进店一看，里面严严实实排满了花盆，全都是珍奇品种，他不由得心动，觉得很像陶三郎种的菊花。不久主人出来相见，果然是三郎。

子才大喜过望，谈起了多年来的经历，说完，还住在他家中，邀他一起回北京。

三郎摇头道："金陵是我的故乡，我打算在这里成亲。我积攒了不少家产，请你带给姐姐。年末我也会回去看看。"拒绝了他。

子才并不介意："幸而家中富裕了，就算什么都不做，也不愁吃穿。生意就别做了吧？”

于是，陶生走进店里，让人给菊花标好价格，打折卖了出去，几天就处理完了。

子才说“走吧”。便催促三郎收拾行装，雇船北上。

抵达北京的邸宅后，黄英连忙打扫房间，整理床铺，就好像事先知道弟弟要回来一样。

三郎卸下行装，请人修整庭院和亭台。他并不与人交往，只是每日和马子才下棋喝酒。

即便有人提亲，三郎也一概拒绝。于是，姐姐黄英给三郎的房间里送去了两名侍女。过了三四年，其中一名侍女生下了一个女孩子。

三郎原本是酒中豪杰，谁也没见过他喝醉。他虽不与人交往，但是偶尔和拜访马子才的友人一同喝酒。

有个姓曾的人，说到酒量，无人能及。一次，马子才让他和三郎比酒量。

两人尽情地喝起来，越喝越高兴，彼此相见恨晚。他们从早上一直喝到四漏，每人都喝干了上百壶酒。曾生终于醉了，直接睡倒。三郎则站起身准备回家睡觉，刚迈出大门，踏进了菊田里，啪地倒下了。

原文用“玉山倾倒”来形容，它原本是形容容姿姣好之人醉酒的样子。李白在《襄阳歌》中有“玉山自倒非人推”这样的名句。

三郎是身形消瘦的美男子，他醉酒的姿态确实名副其实。

醉倒的同时，他的衣服脱在一边，随即化作了一棵菊树，长着十多枝菊花，每枝都有拳头那么大。

马子才见状，吓得魂不附体，马上报告了黄英。黄英听说后马上赶来，拔掉菊树放在地上。

“他怎么醉成这样？”

说完把衣服盖在他身上。

然后催促马子才离开道：“走吧，不要再看了。”

第二天天明，马子才一看，三郎正躺在菊田中睡觉。

子才终于明白，原来陶氏姐弟乃是菊精，于是比此前更加敬爱这二人。

然而，三郎一旦暴露了本性，饮酒便越发奔放。原本厌烦社交的他，竟特地写信邀请曾生，与他结为莫逆之交。

花朝节，曾生命人抬来一坛药酒，和三郎一同饮干了。

花朝节是农历二月十五。在吴时是二月十二。洛阳有一段时期将二月初二定为“花朝节”。总之，是庆祝百花齐放的日子。

白居易在《琵琶行》中有名句道：

——春江花朝秋月夜，往往取酒还独倾。

提到“花朝夕月”，是将二月十五的花朝，和八月十五的月夕（中秋月夜）相对并称的，两个节日，都有对着或花或月饮酒的习俗。

话说酒坛已经喝空了，二人还是没有喝醉。马子才一直在一旁观战，悄悄地，又添上了一坛酒。二人也将其饮尽了。

曾生醉得不省人事，被小仆背走了。

陶三郎倒在地上，又化作了菊花。

子才之前见过一次，所以并不惊讶，他像黄英那样，把菊花拔下来，放在地上。

此前，黄英说不能再看，催他离开了现场。子才想亲眼看看他变回人形，现在正是机会，就守在那里盯着。

但是，等了又等，菊也没有变回人形，叶子都枯了。

子才这下慌了，赶紧去告知黄英，黄英听后，神色骤变："你害死我弟弟了！"

赶到现场，黄英拾起菊花，发现根已经枯萎了。

黄英悲痛欲绝，掐了它的根，把茎埋在盆中，端回房里，每日浇水。

子才悔恨欲绝，更痛恨三郎的酒友曾生。这看上去虽然不合逻辑，但是子才已经失去理智了。

数日后，子才听说，曾生也醉死了。

而盆中之菊，次第萌芽，到了九月，开出了花。短短的茎上开着白色的花，凑近一闻，竟泛着酒香。于是，他们给这新菊种取名"醉陶"。比起浇水，这花更喜欢酒，浇上酒后，开得更好。

后来，陶三郎的遗孤女儿长大成人，还嫁入了名门之家。黄英直到年老，也没有发生过异常。

蒲松龄在本篇结尾说：

“青山白云人，遂以醉死，世尽惜之，而未必不自以为快也。植此种于庭中，如见良友，如对丽人，不可不物色之也。”

菊精醉酒而死，实令人惋惜，为这篇故事留下了遗憾的结局。不过仔细想想，对陶三郎来说，这样的死或许再痛快不过。

醉生梦死，一醉方休，世间本就有人追求醉梦中死去的吧。

唐初有个叫傅奕的道士，精通天文历法，曾主张整顿寺院僧尼，以富国强兵，受到了佛教相关者的反对，因此闻名。当他患重病，请医生诊治，却拒不喝药。临终之时，他给儿子留下遗言：古人裸葬，当效仿之。然后为自己编写了墓志：

——傅奕，青山白云人也，因酒醉死，呜呼哀哉。

看来，确实有人以“醉死”为快，我们可以认为陶三郎也是这类人。因为实现了夙愿，也没有必要为他遗憾。

“植此种于庭中，如见良友，如对丽人，不可不物色之也。”蒲松龄以此结尾。

不过，虽然说“物色之”，真的能找到醉陶吗？

第十二话 锦瑟和春燕

一

故事说的是一个姓王的年轻人。

原文只有姓，无名，沂水人。沂水县在山东半岛根部附近，按现在的行政划分，属于山东省临沂市。

王生从小就是孤儿，无亲无故，非常贫寒。但他高洁修雅，清奇洒脱，原文用“裙屐少年”来形容。

清朝时期流传着这样一段传说：在竹林七贤出现的3世纪，有一些愤世嫉俗、穿着特异的年轻人，人们称之为“裙屐少年”。无非就是那些身穿裙子，脚踏木屐，穿着讲究的翩翩少年。

话说，当地的土豪蓝氏看上了王生，就把女儿嫁给他，帮他们修建房屋，赠了土地。王生虽贫寒，还是有特殊的魅力吧。

然而，蓝氏在王生他们婚后不久，很快就死了。王生的妻子和父亲不同，她从这个穷小子身上，感受不到任何魅力。而蓝氏的儿子们，也很生气父亲将财产分给他。

王生陷入了孤立无援的境地。

失去了后盾，妻子像奴隶一样使唤王生。王生虽然风度翩翩，却无力反抗。

妻子自己吃的是美味佳肴，却给王生吃粗茶淡饭，折一片稊草给他当筷子。稊草，是一种植物，有取之不尽的意味。《庄子》中有记载，稊和稗，都用来表示毫无价值的东西。

有个叫东郭子的人，曾向庄子请教道在何处，庄子回答说无处不在。正因为无处不在，所以捉摸不到，东郭子要求他更具体地解释。庄子则回答说在蝼蚁，在稊稗，在瓦砾，在屎溺。意思是说至上之道存在任何地方，即便是世间微不足道的事物中。

用不值钱的稊草来代替筷子，是一种明显的侮辱，即便如此，王生全都承受下来。他还很年轻，他想，只要科举及第，得了一官半职，出人头地，就好过了。

十九岁时，他参加了科举初步的童子试，这是府县考试，一旦及第，就是秀才，可获得去省府参加乡试的资格。乡试及第，叫举人，可以去北京参加三年一次的会试。

然而，王生在县府的考试中名落孙山。心灰意冷的他从县府回到家中，正巧妻子不在。他在锅里发现了羊肉汤，就用旁边的筷子夹了一块儿羊肉放在嘴里。

此时，妻子突然出现了，二话不说，端走了汤锅。王生伤心欲绝，满面羞惭，把筷子扔在地上道："既然遭此冷遇，我还不如一死了之。"

听此，妻子怒道："你想死吗？"

说完交给他一根绳子，意思是让他悬梁自尽。

王生虽能忍辱负重，但此时怒上心头，抓起桌上的碗就向妻子投去。正好投中她的额头，她顿时头破血流。

王生愤然奔出门外，真想去寻死。他把绳子揣在怀里，走入深谷，选定一处树枝，把绳子绑在上面。

正在此时，他发现悬崖附近露出女子衣裙的一角，接着，走出一位侍女模样的人。但是，女子看见了王生，突然一转身，像影子一样消失不见了。土壁上不见任何痕迹。

"难道是妖怪吗？……"

意识到此，本想寻死的王生什么也不怕了。他解下绳子，坐在那里，静观变化。

等了一会儿，那女子刚露出半边脸，又缩了回去。

那人既然是妖怪，跟着她，或许能死个痛快。王生一思忖，就抓起石头叩起了土壁。

"怎么能从这里进去，请你指条路吧，我不是和你逗着玩儿，我是想寻死的。”

等了半天没有反应，王生又重复了一遍刚才的话。这次，里面传来了回答的声音。

“如果想寻死的话，就先离开这里，等天黑了再来。”

那声音清晰又刺耳，细得仿若蜂鸣。

“是。”

但明伦在此处解释说，声音的主人是为了考验王生是否真有寻死之心，才把时间推迟到晚上。但他并未进一步解释妖怪的疑惑。

终于等到满天星辰，眼前的悬崖忽然变成了一座大邸宅，两扇大门悄无声息地打开了。王生一步一步爬上台阶，刚走了几步，有水涌了上来，他闻到一股温泉的味道。伸手摸了一摸，水很烫手，不知有多深。

王生心想，或许是鬼神在给我指去往黄泉的路，于是跳了进去。热水浸透衣服，王生烫得生疼，但不知为什么，他浮了起来。在水里游了一阵儿，他渐渐适应了温度，拼命爬到岸边，登上了南岸。还好，身上没有任何烫伤。抱着赴死之心爬上岸的王生，此时还是活生生的啊。爬上了南岸，王生受到一群猛兽的袭击，他捡起石头来应战。最后有人赶来，为他赶走了如小牛般的大狗。那人正是那位侍女。

“知道你想寻死，我们家小姐可怜你，让我送你去安乐窝，从此可再无灾难。”她说。

“安乐窝”，是宋代学者邵雍在洛阳的安逸之所。无官一身轻的他，在安乐窝里饮酒作诗，自称安乐先生。在这里，就是字面意思的安乐居所。

侍女打着灯为王生引路，从后门走出。默不作声地走了一阵，走进一家住户。

“我只送到此，你自己进去吧，我要返回了。”她说。

王生进屋，环视四周，竟然是自己的家。他瑟瑟发抖，要往外逃。正巧妻子的用人婆婆喊道：“我都找你一天了，你到底去哪里了？”

王生又被拖了回去。

王生妻子的头被碗砸伤了，裹着白布。她忙从床上下来，笑着来迎王生。

“我们做了一年夫妻，我只是和你开个玩笑，你都看不出来。好吧，算我的不是。可是，我出口责备你是假，你将我打伤了却是真的啊。只要能让你出口气就好。”

说完，她从枕头下拿出两锭金子，塞进王生怀里。

“从此以后，吃穿用度，都按照你的吩咐来办，好吗？”

王生二话不说，把金子扔在地上，气冲冲地夺出门外，一溜烟向先前的谷中奔去。他想再去叩那座大宅的门。

侍女说带他去“安乐窝”，竟是王生的家。那安乐窝是真是假，但明伦评论说：善读之人可一眼识破。

二

却说王生一直追至原野中，远远看见方才送他的侍女，正提着灯笼缓缓而行，就边跑边喊。侍女停下脚步，责难追上来的王生道：“你怎么跑回来了，小姐的一片苦心，全被你浪费了。”

“我想死，并不是求你让我活下去。小姐家的邸宅太大了，地下也需要人吧，让我去做苦役也可以。我真觉得活着没什么意思了。”

听了王生之言，侍女答道：“好死不如赖活着，你的想法真是荒谬。我们宅子里没什么正经的工作，只有淘河，洒扫，喂狗，搬尸，如果做出什么差错，就要割耳，切鼻，剁足，断腿。这样你受得了吗？”

“受得了。”王生毫不犹豫地答道。

说罢，他再次走进后门。

“你说的工作都是什么？你说要搬尸，到底有多少死尸？”他问。

“我家小姐以慈悲为怀，修建了一处叫给孤园的地方，专门收养那些横死异乡、无家可归的九幽孤魂。每天有千百个人死去，你都需将他们埋葬。你看看吧。”

“给孤园”，乃是“祇树给孤独园”的简称，继续省略，只取上下两字，就叫作“祇园”。

祇树，是祇陀太子的园林，据说是有个叫“须达多”的长者花大价钱买下来的，他在那里建造了一座寺院，来供奉佛陀。有汉字表记说，长者又叫给孤独长者。据说，祇园精舍一共有七层，佛陀时常在里面说法。

缘此，这家小姐建造了同名的建筑。

九幽，指冥土，中国的鬼叫亡灵。为何亡灵还能再死一次？为何尸身能再埋葬一次？大家都有这样的疑问。评论《聊斋志异》的冯镇栾，也在这一段情节中提出了同样的疑问。

总之，在《聊斋志异》的世界中，现世和冥土有多重的关系，提出这样的问题，未免有些外行。

王生经过一道大门，上面挂着给孤园的牌子。穿过大门，他看到吃惊的一幕。院子里充满了难闻的臭气，鬼魂们向着灯光缓缓凑上来，不是断了胳膊就是断了腿的，令人不忍直视。王生转过脸去想走开，却看见墙角上横着一具死尸。走近一看，尸体血肉模糊。

“才半天没有背走，就被狗咬成这个样子。”

侍女说完，命令王生把他搬走。

见王生面露难色，她说道：“你如果办不到，就回到你的安乐窝去享受吧。”

王生没办法，只好将他背到不起眼的地方去了。

“搬尸的活儿有些不干净，你若是能帮我换一个，我可是感激不尽呢。”

听他这么说，侍女想了想道：“好吧……”

此间，侍女似乎对王生产生了好感，无论如何，他也是个一表人才、文质彬彬的年轻人。过了一会儿，他们走到一座房舍，侍女道：“你先坐一会儿，我进去帮你求个情。如果让你去喂狗，就能轻松不少，希望一切顺利吧……”

说完，侍女走了进去，不一会儿，又走出来。

“来吧，来吧，小姐出来了。”

王生跟在侍女身后，走进房间。房中四面挂着灯笼，亮堂堂的。窗前坐着一个年轻女郎，二十上下，简直是个仙女。王生伏在阶下行礼，那女郎让他起身。

“唉，一个书生，喂狗恐怕不太合适，坐在西堂，做些文书的工作吧。”

王生听后大喜，又伏下行礼，那女郎便道："你看起来质朴诚实，老老实实工作吧，如果敢怠慢，处罚可是不轻喔。"

王生满口答应了。

随着侍女退到西堂，王生只见栋壁非常清洁，于是大为欢喜，对侍女表达了谢意，还问起方才那位大仙般的女性的身份。

"小姐的名字叫锦瑟，是东海薛侯的女儿，我的名字叫春燕。有需要的时候，尽管告诉我吧。"

侍女走出房间，马上将衣物、鞋子、夜具等物搬了进来，放在床上。王生心情大好，感到非常满足。

虽然不知东海薛侯是何许人物，但有记载，其侍奉过太古夏王朝始祖大禹。而且，发明了马车驾驶方法的奚仲，获得的封地就是"薛"。总之，既是妖异之谈，薛侯无疑是妖异界中的位高权重之人。

话说给孤园的文书一职，似乎很有权力，府邸中的下人都来拜见王生，还带来很多酒肉，有如在行贿。王生都一一拒绝了。看到这番做派，锦瑟便赐给他儒巾和美服，都让春燕送了过来。

春燕生得有几分姿色，熟悉了之后，常常对王生显示出暧昧的表情。

——眉目送情。

原文是这样暗示的。

王生往往自制，怕产生误会，便假装糊涂，避开了她的诱惑。

三

如此过了两年。

由于王生勤俭奉公，赏赐已经超过薪俸一倍，却还是一如既往地谨慎自守。

天夜里，他正要就寝，忽然听到邸中有喧哗之声。他连忙起身，提着刀赶出来，只见火把照得天空通明，庭院里站满了盗贼。下人们慌张失措，四处奔逃。

“王生，危险！快逃！快和我们一起逃命吧！”

一名下人和王生招呼道。然而，王生摇头拒绝了。他冲出庭院，在脸上涂抹了泥巴，猫着腰，装成盗贼的同伙。

“不必惊动薛侯的女儿，财物更重要！还有东西没抢完呢！”

通过观察盗贼们的行动，王生知道锦瑟仍未被擒，就独自绕到后门去寻找。终于找到一个躲藏起来的老仆，他得知锦瑟和春燕翻墙逃出去了。于是他也翻出墙外，在外面寻找起来。

终于，王生找到她们主仆二人，正蹲在一个黑暗的角落里。

“这种地方怎么能躲藏呢，很快会被发现。”

其实王生在翻过围墙的时候，一眼就看见了她们。

“但是我实在走不动了。”锦瑟无力地说道。

王生丢下手中的刀，背着锦瑟跑了起来。大约跑了二三里，就累得汗流浃背，终于逃入一个山谷，他才放她下来，席地而坐。

“欻”这个字，是突然的意思。人蹲着，做出吹火的姿势，火焰明明灭灭，表示事物变化之快。

——欻，一虎来。

原文写道。

突然，来了一头猛虎。王生大惊，正要挡在虎的面前，猛虎已将锦瑟衔起。情急之下，王生抓住猛虎的耳朵，用力将自己的胳膊塞进虎口。猛虎大怒，放下锦瑟，咬住王生的胳膊。只听嘎嘣一声，一支断臂落在地上，虎转身走了。

“苦了你了，让你受难了。”

锦瑟哭道。

猛然间，王生还没感觉到疼痛，鲜血猛溢出来。春燕赶紧撕下衣襟，要为他包扎伤口。锦瑟连忙阻止，找到猛虎咬下的断臂，为王生接上，再包扎好。

待到东方渐渐发白，三人才踉踉跄跄，缓缓走回家。进院一看，简直是一片废墟。等天大亮后，用人们渐渐聚集起来。

锦瑟亲自来西屋探望王生，打开绷带查看伤情，看见腕骨已经长好了。她拿出药箱，为他涂抹了伤口，方才离开。

自此以后，锦瑟越发看重王生，所用之物都和自己一样。

待到伤势痊愈，锦瑟预备了酒宴，在内间的厅室为他庆祝。锦瑟请他坐下，他却再三推辞，最后坐在了房中角落里。锦瑟举杯，向王生敬酒，如待宾客一般。

片刻，锦瑟说道："我的身子已让你背过，我想效仿楚王之女和钟健的故事。可惜无人做媒，又羞于自荐。"

楚王指的是楚平王。话说昭王十三年（前506年），吴国攻楚，进入都城郢。昭王逃入郧。彼时，臣子钟健背着平王之女（昭王之妹）逃走。后来她拒绝了所有提亲，希望嫁给钟健，终于成婚。故事可见于《春秋左氏传》。

锦瑟效仿楚王之女的先例，想嫁给身为臣子的王生。

王生不胜惶恐道："娘子对我恩重如山，生死不足为报。对此等非分之想，我怕遭天打雷劈，实不敢从命，请您万万包含……如果真可怜我独身一人，赐个侍女便足矣。"

然而，有一日，锦瑟的长姐瑶台却来拜访。瑶台年约四十，亦是位佳人。夜里，她召见王生，命他坐下。

"今日，我不远千里来此，是为了妹妹的婚事。今夜，我就将妹妹许配与你。"瑶台说道。

王生正想推辞，瑶台却夺过他的杯子，让两人交换了酒杯。瑶台出去后，锦瑟娓娓道来："我告诉你实情吧，我乃是天上的仙姬，有罪被谪，自愿居住在冥土，收养冤魂，将功折罪。正巧，遇上天魔抢掠，有此一劫。虽遭劫难，却和你有了附体姻缘。我将长姐请来，一来是主持婚礼，二来是代我掌管此处。而我，打算和你一同回凡间。"

王生起身说道："冥土才是极乐世界。我家中有一名悍妇，屋子狭窄简陋，还会发生各种可怕之事，我恐怕不能和你一起生活啊。"

锦瑟笑道："没关系。"

于是两人欢饮一场，进了洞房。

——欢恋臻至。

两人极尽缠绵。

数日后，锦瑟道："冥土之欢不可长久，你先回去料理家务，我随后便到。"

她送给王生一匹马。

大门自然敞开，王生牵着马出了门，土壁自然合上了。

四

王生骑马回到沂水村庄，村民们感到大为震惊。来到家门口，王生不禁瞠目结舌，家里已变成富丽堂皇的大宅了。

王生离开后，发生了许多事情，他听门口的村民一一讲述了。

原来王生打伤了妻子后，妻子叫来两个哥哥，等着王生回来要鞭打他一顿。但是王生一直没回来。有人看见他的鞋子掉在了沟里，以为他已经死了。

一年没有消息，王生的妻子改嫁给了陕西的商人。那商人通过经商，不到半年，修了一座又一座房舍。

商人常常外出不在，一次回家，买回了一个小妾。后来家中闹得鸡犬不宁，商人过了几个月也没回家。

听了这些，王生愤然拴起马走进院子。家中婆子见了他，吓得连忙跪下。王生大声呵斥，命她带路去夫人房里。由于房屋内部改造，王生已找不到路了。

但是夫人不在屋里。原来他知道王生回来了，已经逃走。他们终于在午后发现了夫人，她却已上吊自尽。于是，王生命人将尸体送回她娘家。他唤出商人买回的小妾，一看年约十八九岁，非常可人，那晚便同她一起就寝了。

虽然王生听说了妻子再婚一事非常生气，但自己在冥土也与锦瑟结为连理，也是荒唐。而且，自己的妻子刚死，便将他人之妾揽入怀中，也是匪夷所思啊。

后来，商人请村民传话，要求王生把小妾还他，小妾却哭闹着不要回去。王生以霸占家产，夺人妻子为由，状告商人，商人只好关店，打道回府。如此，家中之事整顿完毕。

锦瑟能否如约而至呢？王生多少有些担心。

一晚，王生正与小妾饮酒，忽然有一行人在门口停下马车，接着，锦瑟走了进来。锦瑟只留下春燕，令后面的侍从全都返回了冥土。

锦瑟进门后，小妾连忙行礼。锦瑟看着妾的样貌道：“此女有生男之相，可以代我受苦了。”赐给她美服、珠玉等。

妾战战兢兢地收下，侍立在一旁，锦瑟却拉她坐下，谈笑起来。过了许久，她才说："我醉了，想睡觉。"

王生连忙脱下鞋子上床。妾随后走出房间，回到自己房中。不可思议的是，王生竟躺在自己床上。妾不敢相信，又回去看个究竟，锦瑟房里的灯已熄了。

王生每日都睡在妾处。

有一晚，妾起床，偷偷查看锦瑟房中的动静。只因锦瑟总有些奇妙的气质，妾也是出于好奇。结果，她竟看见锦瑟正与王生开心地谈笑。她吃惊地跑回房中，床上已没人了。

天黑后，妾把这些奇怪之事告诉王生，王生却什么也不记得了。他只告诉妾，这些事不可外泄。

后来，王生与春燕也开始私通，夜里异常忙碌。春燕的事情，锦瑟仿佛并不知情。

结果，春燕的肚子越来越大，而且就要难产了。春燕叫着，小姐，小姐。结果锦瑟刚一进屋，孩子就生了下来。

锦瑟割下脐带，将婴儿放入春燕怀里，笑着道："春燕，不可再生了，业障越多，越难割舍。"轻轻嗔怪着。

自此以后，春燕再未生产。

而妾，一个又一个生起孩子来，总共生了五男三女。就仿佛锦瑟看到她时所言，此女有生男之相。

如此，过了三十年。

锦瑟时常回家，每次都是在夜里。

有一天，锦瑟和春燕一同回家，再没回来。

一直到王生八十岁时，他也带着一名老仆走出家门，再没回来。

附录

《聊斋志异》原文

青　凤

太原耿氏，故大家，第宅弘阔。后凌夷，楼舍连亘，半旷废之。因生怪异，堂门辄自开掩，家人恒中夜骇哗。耿患之，移居别墅，留老翁门焉。由此荒落益甚。或闻笑语歌吹声。耿有从子去病，狂放不羁，嘱翁有所闻见，奔告之。至夜，见楼上灯光明灭，走报生。生欲入觇其异。止之，不听。门户素所习识，竟拨蒿蓬，曲折而入。登楼，殊无少异。穿楼而过，闻人语切切。潜窥之，见巨烛双烧，其明如昼。一叟儒冠南面坐，一媪相对，俱年四十馀。东向一少年，可二十许；右一女郎，裁及笄耳。酒胾满案，团坐笑语。生突入，笑呼曰："有不速之客一人来！"群惊奔匿。独叟出，叱问："谁何入人闺闼？"生曰："此我家闺闼，君占之。旨酒自饮，不一邀主人，毋乃太吝？”叟审睇，曰：“非主人也。”生曰：“我狂生耿去病，主人之从子耳。”叟致敬曰：“久仰山斗！”乃揖生入，便呼家人易馔。生止之。叟乃酌客。生曰：“吾辈通家，座客无庸见避，还祈招饮。”叟呼：“孝儿！”俄少年自外入。叟曰：“此豚儿也。”揖而坐，略审门阀。叟自言：“义君姓胡。”生素豪，谈议风生，孝儿亦倜傥；倾吐间，雅相爱悦。生二十一，长孝儿二岁，因弟之。叟曰：“闻君祖纂涂山外传，知之乎？”答：“知之。”叟曰：“我涂山氏之苗裔也。唐以后，谱系犹能忆之；五代而上无传焉。幸公子一垂教也。”生略述涂山女佐禹之功，粉饰多词，妙绪泉涌。叟大喜，谓子曰：“今幸得闻所未闻。公子亦非他人，可请阿母及青凤来，共听之，亦令知我祖德也。”孝儿入帏中。少时，媪偕女郎出。审顾之，弱态生娇，秋波流慧，人间无其丽也。叟指妇云：“此为老荆。”又指女郎：“此青凤，鄙人之犹女也。颇惠，所闻见辄记不忘，故唤令听之。”生谈竟而饮，瞻顾女郎，停睇不转。女觉之，辄俯其首。生隐蹑莲钩，女急敛足，亦无愠怒，生神志飞扬，不能自主，拍案曰：“得妇如此，南面王不易也！”媪见生渐醉，益狂，与女俱起，遽搴帏去。生失望，乃辞叟出。而心萦萦，不能忘情于青凤也。

至夜，复往，则兰麝犹芳，而凝待终宵，寂无声咳。

归与妻谋，欲携家而居之，冀得一遇。妻不从，生乃自往，读于楼下。夜方凭几，一鬼披发入，面黑如漆，张目视生。生笑，染指研墨自涂，灼灼然相与对视。鬼惭而去。次夜，更既深，灭烛欲寝，闻楼后发扃，辟之閛然。急起窥觇，则扉半启。俄闻履声细碎，有烛光自房中出。视之，则青凤也。骤见生，骇而却退，遽阖双扉。生长跽而致词曰："小生不避险恶，实以卿故。幸无他人，得一握手为笑，死不憾耳。"女遥语曰："惓惓深情，妾岂不知？但叔闺训严，不敢奉命。"生固哀之，云："亦不敢望肌肤之亲，但一见颜色足矣。"女似肯可，启关出，捉之臂而曳之。生狂喜，相将入楼下，拥而加诸膝。女曰："幸有夙分；过此一夕，即相思无用矣。"问："何故？"曰："阿叔畏君狂，故化厉鬼以相吓，而君不动也。今已卜居他所，一家皆移什物赴新居，而妾留守，明日即发矣。"言已，欲去，云："恐叔归。"生强止之，欲与为欢。方持论间，叟掩入。女羞惧无以自容，俯首倚床，拈带不语。叟怒曰："贱辈辱吾门户！不速去，鞭挞且从其后！"女低头急去，叟亦出。尾而听之，诃诟万端。闻青凤嘤嘤啜泣，生心意如割，大声曰："罪在小生，于青凤何与？倘宥凤也，刀锯鈇钺，小生愿身受之！"良久寂然，生乃归寝。自此第内绝不复声息矣。生叔闻而奇之，愿售以居，不较直。生喜，携家口而迁焉。

居逾年，甚适，而未尝须臾忘凤也。

会清明上墓归，见小狐二，为犬逼逐，其一投荒窜去，一则皇急道上。望见生，依依哀啼，阘耳辑首，似乞其援。生怜之，启裳衿，提抱以归。闭门，置床上，则青凤也。大喜，慰问。女曰："适与婢子戏，遘此大厄。脱非郎君，必葬犬腹。望无以非类见憎。"生曰："日切怀思，系于魂梦。见卿如获异宝，何憎之云！"女曰："此天数也，不因颠覆，何得相从？然幸矣，婢子必以妾为已死，可与君坚永约耳。"生喜，另舍舍之。积二年馀，生方夜读，孝儿忽入。生辍读，讶诘所来。孝儿伏地，怆然曰："家君有横难，非君莫拯。将自诣恳，恐不见纳，故以某来。"问："何事？"曰："公子识莫三郎否？"曰："此吾年家子也。"孝儿曰："明日将过，倘携有猎狐，望君之留之也。"生曰："楼下之羞，耿耿在念，他事不敢预闻。必欲仆效绵薄，非青凤来不可！"孝儿零涕曰："凤妹已野死三年矣！"生拂衣曰："既尔，则恨滋深耳！"执卷高吟，殊不顾瞻。孝儿起，哭失声，掩面而去。生如青凤所，告以故。女失色曰："果救之否？"曰："救则救之；适不之诺者，亦聊以报前横耳。"女乃喜曰："妾少孤，依叔成立。昔虽获罪，乃家范应尔。"生曰："诚然，但使人不能无介介耳。卿果死，定不相援。"女笑曰："忍哉！"次日，莫三郎果至，镂膺虎韔，仆从甚赫。生门逆之。见获禽甚多，中一黑狐，血殷毛革；抚之，皮肉犹温。便托裘敝，乞得缀补。莫慨然解赠。生即付青凤，乃与客饮。客既去，女抱狐于怀，三日而苏，展转复化为叟。举目见凤，疑非人间。女历言其情。叟乃下拜，惭谢前愆。喜顾女曰："我固谓汝不死，今果然矣。"女谓生曰："君如念妾，还乞以楼宅相假，使妾得以申返哺之私。"生诺之。叟赧然谢别而去。入夜，果举家来。由此如家人父子，无复猜忌矣。生斋居，孝儿时共谈宴。生嫡出子渐长，遂使傅之；盖循循善教，有师范焉。

侠 女

顾生，金陵人。博于材艺，而家綦贫。又以母老，不忍离膝下，惟日为人书画，受贽以自给。行年二十有五，伉俪犹虚。对户旧有空第，一老妪及少女税居其中。以其家无男子，故未问其谁何。一日，偶自外入，见女郎自母房中出，年约十八九，秀曼都雅，世罕其匹，见生甚避，而意凛如也。生入问母。母曰："是对户女郎，就吾乞刀尺。适言其家亦止一母。此女不似贫家产。问其何为不字，则以母老为辞。明日当往拜其母，便风以意；倘所望不奢，儿可代养其母。"明日造其室，其母一聋媪耳。视其室，并无隔宿粮。问所业，则仰女十指。徐以同食之谋试之，媪意似纳，而转商其女；女默然，意殊不乐。母乃归。详其状而疑之曰："女子得非嫌吾贫乎？为人不言亦不笑，艳如桃李，而冷如霜雪，奇人也！”母子猜叹而罢。

一日，生坐斋头，有少年来求画。姿容甚美，意颇儇佻。诘所自，以“邻村”对。嗣后三两日辄一至。稍稍稔熟，渐以嘲谑；生狎抱之，亦不甚拒，遂私焉。由此往来昵甚。会女郎过，少年目送之，问为谁。对以“邻女”。少年曰：“艳丽如此，神情何可畏？”少间，生入内。母曰：“适女子来乞米，云不举火者经日矣。此女至孝，贫极可悯，宜少周恤之。”生从母言，负斗米款门，达母意。女受之，亦不申谢。日尝至生家，见母作衣履，便代缝纫；出入堂中，操作如妇。生益德之。每获馈饵，必分给其母，女亦略不置齿颊。母适疽生隐处，宵旦号咷。女时就榻省视，为之洗创敷药，日三四作。母意甚不自安，而女不厌其秽。母曰：“唉！安得新妇如儿，而奉老身以死也！”言讫，悲哽。女慰之曰：“郎子大孝，胜我寡母孤女什百矣。”母曰：“床头蹀躞之役，岂孝子所能为者？且身已向暮，旦夕犯雾露，深以祧续为忧耳。”言间，生入。母泣曰：“亏娘子良多，汝无忘报德。”生伏拜之。女曰：“君敬我母，我勿谢也；君何谢焉？”于是益敬爱之。然其举止生硬，毫不可干。

一日，女出门，生目注之。女忽回首，嫣然而笑。生喜出意外，趋而从诸其家。挑之，亦不拒，欣然交欢。

已，戒生曰："事可一而不可再！"生不应而归。明日，又约之。女厉色不顾而去。日频来，时相遇，并不假以辞色。少游戏之，则冷语冰人。忽于空处问生："日来少年谁也？"生告之。女曰："彼举止态状，无礼于妾频矣。以君之狎昵，故置之。请更寄语：再复尔，是不欲生也已！"生至夕，以告少年，且曰："子必慎之，是不可犯！"少年曰："既不可犯，君何私犯之？"生白其无。曰："如其无，则猥亵之语，何以达君听哉？"生不能答。少年曰："亦烦寄告：假惺惺勿作态；不然，我将遍播扬。"生甚怒之，情见于色，少年乃去。一夕，方独坐，女忽至，笑曰："我与君情缘未断，宁非天数。"生狂喜而抱于怀。闻履声籍籍，两人惊起，则少年推扉入矣。生惊问："子胡为者？"笑曰："我来观贞洁人耳。"顾女曰："今日不怪人耶？"女眉竖颊红，默不一语。急翻上衣，露一革囊，应手而出，则尺许晶莹匕首也。少年见之，骇而却走。追出户外，四顾渺然。女以匕首望空抛掷，戛然有声，灿若长虹，俄一物堕地作响。生急烛之，则一白狐，身首异处矣。大骇。女曰："此君之娈童也。我固恕之，奈渠定不欲生何！"收刃入囊。生曳令入。曰："适妖物败意，请来宵。"出门径去。次夕，女果至，遂共绸缪。诘其术，女曰："此非君所知。宜须慎秘，泄恐不为君福。"又订以嫁娶，曰："枕席焉，提汲焉，非妇伊何也？业夫妇矣，何必复言嫁娶乎？”生曰：“将勿憎吾贫耶？”曰：“君固贫，妾富耶？今宵之聚，正以怜君贫耳。”临别嘱曰：“苟且之行，不可以屡。当来，我自来；不当来，相强无益。”后相值，每欲引与私语，女辄走避。然衣绽炊薪，悉为纪理，不啻妇也。

积数月，其母死，生竭力葬之。女由是独居。生意孤寝可乱，逾垣入，隔窗频呼，迄不应。视其门，则空室扃焉。窃疑女有他约。夜复往，亦如之。遂留佩玉于窗间而去之。越日，相遇丁母所。既出，而尾其后曰：“君疑妾耶？人各有心，不可以告人。今欲使君无疑，乌得可？然一事烦急为谋。”问之，曰：“妾体孕已八月矣，恐旦晚临盆。‘妾身未分明’，能为君生之，不能为君育之。可密告母，觅乳媪，伪为讨螟蛉者，勿言妾也。”生诺，以告母。母笑曰：“异哉此女！聘之不可，而顾私于我儿。”喜从其谋以待之。又月馀，女数日不至。母疑之，往探其门，萧萧闭寂。叩良久，女始蓬头垢面自内出。启而入之，则复阖之。入其室，则呱呱者在床上矣。母惊问：“诞几时矣？”答云：“三日。”捉绷席而视之，则男也，且丰颐而广额。喜曰：“儿已为老身育孙子，伶仃一身，将焉所托？”女曰：“区区隐衷，不敢掬示老母。俟夜无人，可即抱儿去。”母归与子言，窃共异之。夜往抱子归。

更数夕，夜将半，女忽款门入，手提革囊，笑曰：“我大事已了，请从此别。”急询其故，曰：“养母之德，刻刻不去诸怀。向云‘可一而不可再’者，以相报不在床笫也。为君贫不能婚，将为君延一线之续。本期一索而得，不意信水复来，遂至破戒而再。今君德既酬，妾志亦遂，无憾矣。”问：“囊中何物？”曰：“仇人头耳。”检而窥之，须发交而血模糊。骇绝，复致研诘。曰：“向不与君言者，以机事不密，惧有宣泄。今事已成，不妨相告：妾浙人。父官司马，陷于仇，彼籍吾家。妾负老母出，隐姓名，埋头项，已三年矣。所以不即报者，徒以有母在；母去，又一块肉累腹中，因而迟之又久。曩夜出非他，道路门户未稔，恐有讹误耳。”言已，出门。又嘱曰：“所生儿，善视之。君福薄无寿，此儿可光门闾。夜深不得惊老母，我去矣！”方凄然欲询所之，女一闪如电，瞥尔间遂不复见。生叹惋木立，若丧魂魄。明以告母，相为叹异而已。后三年，生果卒。子十八举进士，犹奉祖母以终老云。

异史氏曰：“人必室有侠女，而后可以畜娈童也。不然，尔爱其艾，彼爱尔娄猪矣！”

连　琐

杨于畏，移居泗水之滨。斋临旷野，墙外多古墓，夜闻白杨萧萧，声如涛涌。夜阑秉烛，方复凄断。忽墙外有人吟曰："玄夜凄风却倒吹，流萤惹草复沾帏。"反复吟诵，其声哀楚。听之，细婉似女子。疑之。明日，视墙外，并无人迹。惟有紫带一条，遗荆棘中；拾归，置诸窗上。向夜二更许，又吟如昨。杨移杌登望，吟顿辍。悟其为鬼，然心向慕之。

次夜，伏伺墙头。一更向尽，有女子姗姗自草中出，手扶小树，低首哀吟。杨微嗽，女忽入荒草而没。杨由是伺诸墙下，听其吟毕，乃隔壁而续之曰："幽情苦绪何人见？翠袖单寒月上时。"久之，寂然。杨乃入室。方坐，忽见丽者自外来，敛衽曰："君子固风雅士，妾乃多所畏避。”杨喜，拉坐。瘦怯凝寒，若不胜衣。问：“何居里，久寄此间？”答曰：“妾陇西人，随父流寓。十七暴疾殂谢，今二十馀年矣。九泉荒野，孤寂如鹜。所吟，乃妾自作，以寄幽恨者。思久不属；蒙君代续，欢生泉壤。”杨欲与欢。蹙然曰：“夜台朽骨，不比生人，如有幽欢，促人寿数。妾不忍祸君子也。”杨乃止。戏以手探胸，则鸡头之肉，依然处子。又欲视其裙下双钩。女俯首笑曰：“狂生太啰唣矣！”杨把玩之，则见月色锦袜，约彩线一缕。更视其一，则紫带系之。问：“何不俱带？”曰：“昨宵畏君而避，不知遗落何所。”杨曰：“为卿易之。”遂即窗上取以授女。女惊问何来，因以实告。女乃去线束带。既翻案上书，忽见《连昌宫词》，慨然曰：“妾生时最爱读此。今视之，殆如梦寐！”与谈诗文，慧黠可爱。剪烛西窗，如得良友。

自此每夜但闻微吟，少顷即至。辄嘱曰：“君秘勿宣。妾少胆怯，恐有恶客见侵。”杨诺之。两人欢同鱼水，虽不至乱，而闺阁之中，诚有甚于画眉者。女每于灯下为杨写书，字态端媚。又自选宫词百首，录诵之。使杨治棋枰，购琵琶。每夜教杨手谈，不则挑弄弦索。作“蕉窗零雨”之曲，酸人胸臆；杨不忍卒听，则为“晓苑莺声”之调，顿觉心怀畅适。挑灯作剧，乐辄忘晓。视窗上有曙色，则张皇遁去。

一日，薛生造访，值杨昼寝。视其室，琵琶、棋枰俱在，知非所善。又翻书得宫词，见字迹端好，益疑之。杨醒，薛问："戏具何来？"答："欲学之。"又问诗卷，托以假诸友人。薛反复检玩，见最后一叶细字一行云："某月日连琐书。"笑曰："此是女郎小字，何相欺之甚？"杨大窘，不能置词。薛诘之益苦，杨不以告。薛卷挟，杨益窘，遂告之。薛求一见。杨因述所嘱。薛仰慕殷切；杨不得已，诺之。夜分，女至，为致意焉。女怒曰："所言伊何？乃已喋喋向人！"杨以实情自白。女曰："与君缘尽矣！"杨百词慰解，终不欢，起而别去，曰："妾暂避之。"明日，薛来，杨代致其不可。薛疑支托，暮与窗友二人来，淹留不去，故挠之；恒终夜哗，大为杨生白眼，而无如何。众见数夜杳然，浸有去志，喧嚣渐息。忽闻吟声，共听之，凄婉欲绝。薛方倾耳神注，内一武生王某，掇巨石投之，大呼曰："作态不见客，那得好句？呜呜恻恻，使人闷损！"吟顿止。众甚怨之。杨恚愤见于词色。次日，始共引去。杨独宿空斋，冀女复来，而殊无影迹。逾二日，女忽至，泣曰："君致恶宾，几吓煞妾！"杨谢过不遑。女遽出，曰："妾固谓缘分尽也，从此别矣。"挽之已渺。由是月馀，更不复至。杨思之，形销骨立，莫可追挽。

一夕，方独酌，忽女子搴帏入。杨喜极，曰："卿见宥耶？”女涕垂膺，默不一言。亟问之，欲言复忍，曰：“负气去，又急而求人，难免愧恧。”杨再三研诘，乃曰：“不知何处来一龌龊隶，逼充媵妾。顾念清白裔，岂屈身舆台之鬼？然一线弱质，乌能抗拒？君如齿妾在琴瑟之数，必不听自为生活。”杨大怒，愤将致死；但虑人鬼殊途，不能为力。女曰：“来夜早眠，妾邀君梦中耳。”于是复共倾谈，坐以达曙。女临去，嘱勿昼眠，留待夜约。杨诺之。因于午后薄饮，乘醺登榻，蒙衣偃卧。忽见女来，授以佩刀，引手去。至一院宇，方阖门语，闻有人掿石挝门。女惊曰：“仇人至矣！”杨启户骤出，见一人赤帽青衣，猬毛绕喙。怒咄之。隶横目相仇，言词凶谩。杨大怒，奔之。隶捉石以投，骤如急雨，中杨腕，不能握刃。方危急所，遥见一人，腰矢野射。审视之，王生也。大号乞救。王生张弓急至，射之中股；再射之，殪。杨喜感谢。王问故，具告之。王自喜前罪可赎，遂与共入女室。女战惕羞缩，遥立不作一语。案上有小刀，长仅尺馀，而装以金玉；出诸匣，光芒鉴影。王叹赞不释手。与杨略话，见女惭惧可怜，乃出，分手去。杨亦自归，越墙而仆，于是惊寤，听村鸡已乱鸣矣。觉腕中痛甚；晓而视之，则皮肉赤肿。

停时，王生来，便言夜梦之奇。杨曰：“未梦射否？”王怪其先知。杨出手示之，且告以故。王忆梦中颜色，恨不真见；自幸有功于女，复请先容。夜间，女来称谢。杨归功王生，遂达诚恳。女曰："将伯之助，义不敢忘。然彼赳赳，妾实畏之。"既而曰："彼爱妾佩刀。刀实妾父出使粤中，百金购之。妾爱而有之，缠以金丝，瓣以明珠。大人怜妾夭亡，用以殉葬。今愿割爱相赠，见刀如见妾也。"次日，杨致此意。王大悦。至夜，女果携刀来，曰："嘱伊珍重，此非中华物也。"由是往来如初。

积数月，忽于灯下笑而向杨，似有所语，面红而止者三。生抱问之。答曰："久蒙眷爱，妾受生人气，日食烟火，白骨顿有生意。但须生人精血，可以复活。"杨笑曰："卿自不肯，岂我故惜之？"女云："交接后，君必有念馀日大病，然药之可愈。"遂与为欢。既而着衣起，又曰："尚须生血一点，能拼痛以相爱乎？"杨取利刃刺臂出血；女卧榻上，便滴脐中。乃起曰："妾不来矣。君记取百日之期，视妾坟前，有青鸟鸣于树头，即速发冢。"杨谨受教。出门又嘱曰："慎记勿忘，迟速皆不可！"乃去。越十馀日，杨果病，腹胀欲死。医师投药，下恶物如泥，浃辰而愈。计至百日，使家人荷锸以待。日既夕，果见青鸟双鸣。杨喜曰："可矣。"乃斩荆发圹。见棺木已朽，而女貌如生。摩之微温。蒙衣舁归，置暖处，气咻咻然，细于属丝。渐进汤酏，半夜而苏。每谓杨曰："二十馀年，如一梦耳。"

公孙九娘

于七一案，连坐被诛者，栖霞、莱阳两县最多。一日，俘数百人，尽戮于演武场中。碧血满地，白骨撑天。上官慈悲，捐给棺木，济城工肆，材木一空。以故伏刑东鬼，多葬南郊。

甲寅间，有莱阳生至稷下，有亲友二三人亦在诛数，因市楮帛，酹奠榛墟。就税舍于下院之僧。明日，入城营干，日暮未归。忽一少年，造室来访。见生不在，脱帽登床，着履仰卧。仆人问其谁何，合眸不对。既而生归，则暮色朦胧，不甚可辨。自诣床下问之。瞋目曰："我候汝主人，絮絮逼问，我岂暴客耶！"生笑曰："主人在此。"少年即起着冠，揖而坐，极道寒暄。听其音，似曾相识。急呼灯至，则同邑朱生，亦死于七之难者。大骇却走。朱曳之云："仆与君文字交。何寡于情？我虽鬼，故人之念，耿耿不去心。今有所渎，愿无以异物遂猜薄之。"生乃坐，请所命。曰："令女甥寡居无耦，仆欲得主中馈。屡通媒妁，辄以无尊长之命为辞。幸无惜齿牙馀惠。"先是，生有女甥，早失恃，遗生鞠养，十五始归其家。俘至济南，闻父被刑，惊恸而绝。生曰："渠自有父，何我之求？"朱曰："其父为犹子启榇去，今不在此。"问："女甥向依阿谁？"曰："与邻媪同居。"生虑生人不能作鬼媒。朱曰："如蒙金诺，还屈玉趾。"遂起握生手。生固辞，问："何之？"曰："第行！"勉从与去。

北行里许，有大村落，约数十百家。至一第宅，朱叩扉，即有媪出。豁开二扉，问朱："何为？"曰："烦达娘子，阿舅至。"媪旋反，顷复出，邀生入。顾朱曰："两椽茅舍子大隘，劳公子门外少坐候。"生从之入。见半亩荒庭，列小室二。女甥迎门啜泣，生亦泣。室中灯火荧然。女貌秀洁如生时。凝眸含涕，遍问妗姑。生曰："具各无恙，但荆人物故矣。"女又呜咽曰："儿少受舅妗抚育，尚无寸报，不图先葬沟渎，殊为恨恨。旧年，伯伯家大哥迁父去，置儿不一念；数百里外，伶仃如秋燕。舅不以沉魂可弃，又蒙赐金帛，儿已得之矣。"生乃以朱言告，女俛首无语。媪曰："公子曩托杨姥三五返。老身谓是大好；小娘子不肯自草草，得舅为政，方此意慊得。”

言次，一十七八女郎，从一青衣，遽掩入；瞥见生，转身欲遁。女牵其裾曰：“勿须尔！是阿舅，非他人。”生揖之。女郎亦敛衽。甥曰：“九娘，栖霞公孙氏。阿爹故家子，今亦‘穷波斯’，落落不称意。旦晚与儿还往。”生睨之，笑弯秋月，羞晕朝霞，实天人也。曰：“可知是大家，蜗庐人那如此娟好。”甥笑曰：“且是女学士，诗词俱大高。昨儿稍得指教。”九娘微哂曰：“小婢无端败坏人，教阿舅齿冷也。”甥又笑曰：“舅断弦未续，若个小娘子，颇能快意否？”九娘笑奔出，曰：“婢子颠疯作也！”遂去。言虽近戏，而生殊爱好之。甥似微察，乃曰：“九娘才貌无双，舅倘不以粪壤致猜，儿当请诸其母。”生大悦。然虑人鬼难匹。女曰：“无伤，彼与舅有夙分。”生乃出。女送之，曰：“五日后，月明人静，当遣人往相迓。”

生至户外，不见朱。翘首西望，月衔半规，昏黄中犹认旧径。见南面一第，朱坐门石上，起逆曰：“相待已久，寒舍即劳垂顾。”遂携手入，殷殷展谢。出金爵一、晋珠百枚，曰：“他无长物，聊代禽仪。”既而曰：“家有浊醪，但幽室之物，不足款嘉宾，奈何！”生撝谢而退。朱送至中途，始别。生归，僧仆集问。隐之曰：“言鬼者，妄也。适赴友人饮耳。”

后五日，果见朱来，整履摇箑，意甚欣适。才至户庭，望尘即拜。少间，笑曰："君嘉礼既成，庆在今夕，便烦枉步。"生曰："以无回音，尚未致聘，何遽成礼？"朱曰："仆已代致之矣。"生深感荷，从与俱去。直达卧所，则女甥华妆迎笑。生问："何时于归？"女曰："三日矣。"生乃出所赠珠，为甥助妆。女三辞乃受，谓生曰："儿以舅意白公孙老夫人，夫人作大欢喜。但言老耄无他骨肉，不欲九娘远嫁，期今夜舅往赘诸其家。伊家无男子，便可同郎往也。"朱乃导去。

村将尽，一第门开，二人登其堂。俄白："老夫人至。"有二青衣，扶妪升阶。生欲展拜，夫人云："老朽龙钟，不能为礼，当即脱边幅。"乃指画青衣，进酒高会。朱乃唤家人，另出肴俎，列置生前；亦别设一壶，为客行觞。筵中进馔，无异人世。然主人自举，殊不劝进。既而席罢，朱归。青衣导生去，入室，则九娘华烛凝待。邂逅含情，极尽欢昵。初，九娘母子，原解赴都。至郡，母不堪困苦死，九娘亦自刭。枕上追述往事，哽咽不成眠。乃口占两绝云："昔日罗裳化作尘，空将业果恨前身。十年露冷枫林月，此夜初逢画阁春。""白杨风雨绕孤坟，谁想阳台更作云？忽启镂金箱里看，血腥犹染旧罗裙。"天将明，即促曰："君宜且去，勿惊厮仆。"自此昼来宵往，嬖惑殊甚。

一夕，问九娘："此村何名？"曰："莱霞里。里中多两处新鬼，因以为名。"生闻之欷歔，女悲曰："千里柔魂，蓬游无底；母子零孤，言之怆恻。幸念一夕恩义，收儿骨归葬墓侧，使百年得所依栖，死且不朽。"生诺之。女曰："人鬼路殊，君不宜久滞。"乃以罗袜赠生，挥泪促别。生凄然出，忉怛若丧，心怅怅不忍归。因过拍朱氏之门。朱白足出逆；甥亦起，云鬓鬅鬆，惊来省问。生惆怅移时，始述九娘语。女曰："妗氏不言，儿亦夙夜图之。此非人世，久居诚非所宜。"于是相对汍澜，生亦含涕而别。叩寓归寝，展转申旦。欲觅九娘之墓，则忘问志表。及夜复往，则千坟累累，竟迷村路，叹恨而返，展视罗袜，着风寸断，腐如灰烬，遂治装东旋。

半载不能自释，复如稷门，冀有所遇。及抵南郊，日势已晚，息驾庭树，趋诣丛葬所。但见坟兆万接，迷目榛荒；鬼火狐鸣，骇人心目。惊悼归舍。失意遨游，返辔遂东。行里许，遥见女郎独行丘墓间，神情意致，怪似九娘。挥鞭就视，果九娘。下与语，女竟走，若不相识；再逼近之，色作怒，举袖自障。顿呼"九娘"，则烟然灭矣。

异史氏曰："香草沉罗，血满胸臆；东山佩玦，泪渍泥沙：古有孝子忠臣，至死不谅于君父者。公孙九娘岂以负骸骨之托，而怨不释于中耶？脾鬲间物，不能掬以相示，冤乎哉！"

西湖主

陈生弼教，字明允，燕人也。家贫，从副将军贾绾作记室。泊舟洞庭。适猪婆龙浮水面，贾射之中背。有鱼衔龙尾不去，并获之。锁置桅间，奄存气息；而龙吻张翕，似求援拯。生恻然心动，请于贾而释之。携有金创药，戏敷患处，纵之水中，浮沉逾刻而没。

后年馀，生北归，复经洞庭，大风覆舟。幸扳一竹簏，漂泊终夜，絓木而止。援岸方升，有浮尸继至，则其僮仆。力引出之，已就毙矣。惨怛无聊，坐对憩息。但见小山耸翠，细柳摇青，行人绝少，无可问途。自迟明以及辰后，怅怅靡之。忽僮仆肢体微动，喜而扪之。无何，呕水数斗，醒然顿苏。相与曝衣石上，近午始燥可着。而枵肠辘辘，饥不可堪。于是越山疾行，冀有村落。才至半山，闻鸣镝声。方疑听所，有二女郎乘骏马来，骋如撒菽。各以红绡抹额，髻插雉尾；着小袖紫衣，腰束绿锦；一挟弹，一臂青鞲。度过岭头，则数十骑猎于榛莽，并皆姝丽，装束若一。生不敢前。有男子步驰，似是驭卒，因就问之。答曰："此西湖主猎首山也。"生述所来，且告之馁。驭卒解裹粮授之。嘱云："宜即远避，犯驾当死！"生惧，疾趋下山。

茂林中隐有殿阁，谓是兰若。近临之，粉垣围沓，溪水横流；朱门半启，石桥通焉。攀扉一望，则台榭环云，拟于上苑，又疑是贵家园亭。逡巡而入，横藤碍路，香花扑人。过数折曲栏，又是别一院宇，垂杨数十株，高拂朱檐。山鸟一鸣，则花片齐飞；深苑微风，则榆钱自落。怡目快心，殆非人世。穿过小亭，有秋千一架，上与云齐；而罥索沉沉，杳无人迹。因疑地近闺阁，恇怯未敢深入。俄闻马腾于门，似有女子笑语。生与僮潜伏丛花中。未几，笑声渐近。闻一女子曰："今日猎兴不佳，获禽绝少。"又一女曰："非是公主射得雁落，几空劳仆马也。"无何，红妆数辈，拥一女郎至亭上坐。秃袖戎装，年可十四五。鬟多敛雾，腰细惊风，玉蕊琼英，未足方喻。诸女子献茗熏香，灿如堆锦。移时，女起，历阶而下。一女曰："公主鞍马劳顿，尚能秋千否？"公主笑诺。遂有驾肩者，捉臂者，褰裙者，持履者，挽扶而上。

公主舒皓腕，蹑利屣，轻如飞燕，蹴入云霄。已而扶下。群曰：“公主真仙人也！”嘻笑而去。生睨良久，神志飞扬。迨人声既寂，出诣秋千下，徘徊凝想。见篱下有红巾，知为群美所遗，喜内袖中。登其亭，见案上设有文具，遂题巾曰：“雅戏何人拟半仙？分明琼女散金莲。广寒队里应相妒，莫信凌波上九天。”题已，吟诵而出。复寻故径，则重门扃锢矣。踟蹰罔计，返而楼阁亭台，涉历几尽。一女掩入，惊问：“何得来此？”生揖之曰：“失路之人，幸能垂救。”女问：“拾得红巾否？”生曰：“有之。然已玷染，如何？”因出之。女大惊曰：“汝死无所矣！此公主所常御，涂鸦若此，何能为地？”生失色，哀求脱免。女曰：“窃窥宫仪，罪已不赦。念汝儒冠蕴藉，欲以私意相全；今孽乃自作，将何为计！”遂皇皇持巾去。生心悸肌粟，恨无翅翎，惟延颈俟死。迂久，女复来，潜贺曰：“子有生望矣！公主看巾三四遍，辗然无怒容，或当放君去。宜姑耐守，勿得攀树钻垣，发觉不宥矣。”日已投暮，凶祥不能自必；而饿焰中烧，忧煎欲死。无何，女子挑灯至。一婢提壶榼，出酒食饷生。生急问消息。女云：“适我乘间言：‘园中秀才，可恕则放之；不然，饿且死。’公主沉思云：‘深夜教渠何之？’遂命馈君食。此非恶耗也。”生徊徨终夜，危不自安。辰刻向尽，女子又饷之。生哀求缓颊。女曰：“公主不言杀，亦不言放。我辈下人，何敢屑屑渎告？”既而斜日西转，眺望方殷，女子坌息急奔而入，曰：“殆矣！多言者泄其事于王妃；妃展巾抵地，大骂狂伧，祸不远矣！”生大惊，面如灰土，长跽请教。忽闻人语纷拏，女摇手避去。数人持索，汹汹入户。内一婢熟视曰：“将谓何人，陈郎耶？”遂止持索者，曰：“且勿且勿，待白王妃来。”反身急去。少间来，曰：“王妃请陈郎入。”生战惕从之。经数十门户，至一宫殿，碧箔银钩。即有美姬揭帘，唱：“陈郎至。”上一丽者，袍服炫冶。生伏地稽首，曰：“万里孤臣，幸恕生命。”妃急起，自曳之曰：“我非君子，无以有今日。婢辈无知，致迕佳客，罪何可赎！”即设华筵，酌以镂杯。生茫然不解其故。妃曰：“再造之恩，恨无所报。息女蒙题巾之爱，当是天缘，今夕即遣奉侍。”生意出非望，神惝恍而无着。

日方暮，一婢前曰：“公主已严妆讫。”遂引生就帐。忽而笙管敖曹；阶上悉践花罽；门堂藩溷，处处皆笼烛。数十妖姬，扶公主交拜。麝兰之气，充溢殿庭。既而相将入帏，两相倾爱。生曰：“羁旅之臣，生平不省拜侍。点污芳巾，得免斧锧，幸矣；反赐姻好，实非所望。”公主曰：“妾母，湖君妃子，乃扬江王女。旧岁归宁，偶游湖上，为流矢所中。蒙君脱免，又赐刀圭之药，一门戴佩，常不去心。郎勿以非类见疑。妾从龙君得长生诀，愿与郎共之。”生乃悟为神人。因问：“婢子何以相识？”曰：“尔日洞庭舟上，曾有小鱼啣尾，即此婢也。”又问：“既不见诛，何迟迟不赐纵脱？”笑曰：“实怜君才，但不自主。颠倒终夜，他人不及知也。”生叹曰：“卿，我鲍叔也。馈食者谁？”曰：“阿念，亦妾腹心。”生曰：“何以报德？”笑曰：“侍君有日，徐图塞责未晚耳。”问：“大王何在？”曰：“从关圣征蚩尤未归。”

居数日，生虑家中无耗，悬念綦切，乃先以平安书遣仆归。家中闻洞庭舟覆，妻子缞绖已年余矣。仆归，始知不死；而音问梗塞，终恐漂泊难返。又半载，生忽至，裘马甚都，囊中宝玉充盈。由此富有巨万，声色豪奢，世家所不能及。七八年间，生子五人。日日宴集宾客，宫室饮馔之奉，穷极丰盛。或问所遇，言之无少讳。

有童稚之交梁子俊者，宦游南服十馀年。归过洞庭，见一画舫，雕槛朱窗，笙歌幽细，缓荡烟波。时有美人推窗凭眺。梁目注舫中，见一少年丈夫，科头叠股其上；傍有二八姝丽，挼莎交摩。念必楚襄贵官，而驺从殊少。凝眸审谛，则陈明允也。不觉凭栏酣叫。生闻呼罢棹，出临鹢首，邀梁过舟。见残肴满案，酒雾犹浓。生立命撤去。顷之，美婢三五，进酒烹茗，山海珍错，目所未睹。梁惊曰：“十年不见，何富贵一至于此！”笑曰：“君小觑穷措大不能发迹耶？”问：“适共饮何人？”曰：“山荆耳。”梁又异之。问：“携家何往？”答：“将西渡。”梁欲再诘，生遽命歌以侑酒。一言甫毕，旱雷聒耳，肉竹嘈杂，不复可闻言笑。梁见佳丽满前，乘醉大言曰：“明允公，能令我真箇销魂否？”生笑云：“足下醉矣！然有一美妾之资，可赠故人。”遂命侍儿进明珠一颗，曰：“绿珠不难购，明我非吝惜。”乃趣别曰：“小事忙迫，不及与故人久聚。”送梁归舟，开缆迳去。

梁归，探诸其家，则生方与客饮，益疑。因问：“昨在洞庭，何归之速？”答曰：“无之。”梁乃追述所见，一座尽骇。生笑曰：“君误矣，仆岂有分身术耶？”众异之，而究莫解其故。后八十一岁而终。迨殡，讶其棺轻；开之，则空棺耳。

异史氏曰：“竹簏不沉，红巾题句，此其中具有鬼神；而要皆恻隐之一念所通也。迨宫室妻妾，一身而两享其奉，即又不可解矣。昔有愿娇妻美妾，贵子贤孙，而兼长生不死者，仅得其半耳。岂仙人中亦有汾阳、季伦耶？”

小谢

渭南姜部郎第，多鬼魅，常惑人。因徙去。留苍头门之而死，数易皆死；遂废之。里有陶生望三者，夙倜傥，好狎妓，酒阑辄去之。友人故使妓奔就之，亦笑内不拒；而实终夜无所沾染。常宿部郎家，有婢夜奔，生坚拒不乱，部郎以是契重之。家綦贫，又有“鼓盆之戚”，茆屋数椽，溽暑不堪其热；因请部郎，假废第。部郎以其凶故，却之。生因作“续无鬼论”献部郎，且曰：“鬼何能为！”部郎以其请之坚，诺之。

生往除厅事。薄暮，置书其中；返取他物，则书已亡。怪之，仰卧榻上，静息以伺其变。食顷，闻步履声，睨之，见二女自房中出，所亡书，送还案上。一约二十，一可十七八，并皆姝丽。逡巡立榻下，相视而笑。

生寂不动。长者翘一足踹生腹，少者掩口匿笑。生觉心摇摇若不自持，即急肃然端念，卒不顾。女近以左手捋髭，右手轻批颐颊，作小响。少者益笑。生骤起，叱曰："鬼物敢尔！"二女骇奔而散。生恐夜为所苦，欲移归，又耻其言不掩；乃挑灯读。暗中鬼影憧憧，略不顾瞻。夜将半，烛而寝。始交睫，觉人以细物穿鼻，奇痒，大嚏；但闻暗处隐隐作笑声。生不语，假寐以俟之。俄见少女以纸条捻细股，鹤行鹭伏而至；生暴起诃之，飘窜而去。既寝，又穿其耳。终夜不堪其扰。鸡既鸣，乃寂无声，生始酣眠，终日无所睹闻。日既下，恍惚出现。生遂夜炊，将以达旦。长者渐曲肱几上，观生读。既而掩生卷。生怒捉之，即已飘散；少间，又抚之。生以手按卷读。少者潜于脑后，交两手掩生目，瞥然去，远立以哂。生指骂曰："小鬼头！捉得便都杀却！"女子即又不惧。因戏之曰："房中纵送，我都不解，缠我无益。"二女微笑，转身向灶，析薪溲米，为生执爨。生顾而奖曰："两卿此为，不胜憨跳耶？"俄顷，粥熟，争以匕、箸、陶椀置几上。生曰："感卿服役，何以报德？"女笑云："饭中溲合砒、酖矣。"生曰："与卿夙无嫌怨，何至以此相加。"啜已，复盛，争为奔走。生乐之，习以为常。日渐稔，接坐倾语，审其姓名。长者云："妾秋容，乔氏；彼阮家小谢也。"又研问所由来。小谢笑曰："痴郎！尚不敢一呈身，谁要汝问门第，作嫁娶耶？”生正容曰：“相对丽质，宁独无情；但阴冥之气，中人必死。不乐与居者，行可耳；乐与居者，安可耳。如不见爱，何必玷两佳人？如果见爱，何必死一狂生？”二女相顾动容，自此不甚虐弄之；然时而探手于怀，捋袴于地，亦置不为怪。

一日，录书未卒业而出，返则小谢伏案头，操管代录。见生，掷笔睨笑。近视之，虽劣不成书，而行列疏整。生赞曰：“卿雅人也！苟乐此，仆教卿为之。”乃拥诸怀，把腕而教之画。秋容自外入，色乍变，意似妒。小谢笑曰：“童时尝从父学书，久不作，遂如梦寐。”秋容不语。生喻其意，伪为不觉者，遂抱而授以笔，曰：“我视卿能此否？”作数字而起，曰：“秋娘大好笔力！”秋容乃喜。生于是折两纸为范，俾共临摹；生另一灯读。窃喜其各有所事，不相侵扰。仿毕，祗立几前，听生月旦。秋容素不解读，涂鸦不可辨认，花判已，自顾不如小谢，有惭色。生奖慰之，颜始霁。二女由此师事生，坐为抓背，卧为按股，不惟不敢侮，争媚之。逾月，小谢书居然端好，生偶赞之。秋容大惭，粉黛淫淫，泪痕如线；生百端慰解之，乃已。因教之读，颖悟非常，指示一过，无再问者。与生竞读，常至终夜。小谢又引其弟三郎来，拜生门下。年十五六，姿容秀美。以金如意一钩为贽。生令与秋容执一经，满堂咿唔，生于此设鬼帐焉。部郎闻之喜，以时给其薪水。积数月，秋容与三郎皆能诗，时相酬唱。小谢阴嘱勿教秋容，生诺之；秋容阴嘱勿教小谢，生亦诺之。一日，生将赴试，二女涕泪持别。三郎曰："此行可以托疾免；不然，恐履不吉。"生以告疾为辱，遂行。

先是，生好以诗词讥切时事，获罪于邑贵介，日思中伤之。阴赂学使，诬以行简，淹禁狱中。资斧绝，乞食于囚人，自分已无生理。忽一人飘忽而入，则秋容也。以馔具馈生。相向悲咽，曰："三郎虑君不吉，今果不谬。三郎与妾同来，赴院申理矣。"数语而出，人不之睹。越日，部院出，三郎遮道声屈，收之。秋容入狱报生，反身往侦之，三日不返。生愁饿无聊，度一日如年岁。忽小谢至，怆惋欲绝，言："秋容归，经由城隍祠，被西廊黑判强摄去，逼充御媵。秋容不屈，今亦幽囚。妾驰百里，奔波颇殆；至北郭，被老棘刺吾足心，痛彻骨髓，恐不能再至矣。"因示之足，血殷凌波焉。出金三两，跛踦而没。部院勘三郎，素非瓜葛，无端代控，将杖之，扑地遂灭。异之。览其状，情词悲恻。提生面鞫，问："三郎何人？"生伪为不知。部院悟其冤，释之。既归，竟夕无一人。更阑，小谢始至。惨然曰："三郎在部院，被廨神押赴冥司；冥王以三郎义，令托生富贵家。秋容久锢，妾以状投城隍，又被按阁，不得入，且复奈何？"生忿曰："黑老魅何敢如此！明日仆其像，践踏为泥，数城隍而责之；案下吏暴横如此，渠在醉梦中耶！”悲愤相对，不觉四漏将残。秋容飘然忽至。两人惊喜，急问。秋容泣下曰：“今为郎万苦矣！判日以刀杖相逼，今夕忽放妾归，曰：‘我无他，原以爱故；既不愿，固亦不曾污玷。烦告陶秋曹，勿见谴责。’”生闻少欢，欲与同寝，曰：“今日愿为卿死。”二女戚然曰：“向受开导，颇知义理，何忍以爱君者杀君乎？”执不可；然俛颈倾头，情均伉俪。二女以遭难故，妒念全消。

会一道士途遇生，顾谓“身有鬼气”。生以其言异，具告之。道士曰：“此鬼大好，不拟负他。”因书二符付生，曰：“归授两鬼，任其福命：如闻门外有哭女者，吞符急出，先到者可活。”生拜受，归嘱二女。后月馀，果闻有哭女者。二女争奔而去。小谢忙急，忘吞其符。见有丧轝过，秋容直出，入棺而没；小谢不得入，痛哭而返。生出视，则富室郝氏殡其女。共见一女子入棺而去，方共惊疑；俄闻棺中有声，息肩发验，女已顿苏。因暂寄生斋外，罗守之。忽开目问陶生。郝氏研诘之。答云：“我非汝女也。”遂以情告。郝未深信，欲舁归；女不从，迳入生斋，偃卧不起。郝乃识婿而去。生就视之，面庞虽异，而光艳不减秋容，喜惬过望，殷叙平生。忽闻呜呜鬼泣，则小谢哭于暗陬。心甚怜之，即移灯往，宽譬哀情，而衿袖淋浪，痛不可解。近晓始去。天明，郝以婢媪赍送香奁，居然翁婿矣。暮入帷房，则小谢又哭。如此六七夜。夫妇俱为惨动，不能成合卺之礼。生忧思无策。秋容曰：“道士，仙人也。再往求，倘得怜救。”生然之。迹道士所在，叩伏自陈。道士力言“无术”。生哀不已。道士笑曰：“痴生好缠人！合与有缘，请竭吾术。”乃从生来，索静室，掩扉坐，戒勿相问。凡十馀日，不饮不食。潜窥之，瞑若睡。一日晨兴，有少女搴帘入，明眸皓齿，光艳照人。微笑曰：“跋履终夜，惫极矣！被汝纠缠不了，奔驰百里外，始得一好庐舍，道人载与俱来矣。待见其人，便相交付耳。”敛昏，小谢至，女遽起迎抱之，翕然合为一体，仆地而僵。道士自室中出，拱手迳去。拜而送之。及返，则女已苏。扶置床上，气体渐舒，但把足呻言趾股痠痛，数日始能起。后生应试得通籍。有蔡子经者，与同谱，以事过生，留数日。小谢自邻舍归，蔡望见之，疾趋相蹑；小谢侧身敛避，心窃怒其轻薄。蔡告生曰：“一事深骇物听，可相告否？”诘之，答曰：“三年前，少妹夭殒，经两夜而失其尸，至今疑念。适见夫人，何相似之深也？”生笑曰：“山荆陋劣，何足以方君妹？然既系同谱，义即至切，何妨一献妻孥。”乃入内，使小谢衣殉装出。蔡大惊曰：“真吾妹也！”因而泣下。生乃具述其本末。蔡喜曰：“妹子未死，吾将速归，用慰严慈。”遂去。过数日。举家皆至，后往来如郝焉。

异史氏曰：“绝世佳人，求一而难之，何遽得两哉！事千古而一见，惟不私奔女者能遘之也。道士其仙耶？何术之神也！苟有其术，丑鬼可交耳。”

阿　英

甘玉，字璧人，庐陵人。父母早丧。遗弟珏，字双璧。始五岁，从兄鞠养；玉性友爱，抚弟如子。后珏渐长，丰姿秀出，又惠能文。玉益爱之。每曰："吾弟表表，不可以无良匹。"然简拔过刻，姻卒不就。适读书匡山僧寺，夜初就枕，闻窗外有女子声。窥之，见三四女郎席地坐，数婢陈肴酒，皆殊色也。一女曰："秦娘子，阿英何不来？"下座者曰："昨自函谷来，被恶人伤右臂，不能同游，方用恨恨。"一女曰："前宵一梦大恶，今犹汗悸。"下座者摇手曰："莫道莫道！今宵姊妹欢会，言之吓人不快。"女笑曰："婢子何胆怯尔尔！便有虎狼啣去耶？若要勿言，须歌一曲，为娘行侑酒。"女低吟曰："闲阶桃花取次开，昨日踏青小约未应乖。付嘱东邻女伴少待莫相催，着得凤头鞋子即当来。”吟罢，一座无不叹赏。谈笑间，忽一伟丈夫岸然自外入，鹘睛荧荧，其貌狞丑。众啼曰：“妖至矣！”仓卒哄然，殆如鸟散。惟歌者婀娜不前，被执哀啼，强与支撑。丈夫吼怒，龁手断指，就便嚼食。女郎踣地若死。玉怜恻不可复忍，乃急袖剑拔关出，挥之，中股，股落，负痛逃去。扶女入室，面如尘土，血淋衿袖；验其手，则右拇断矣。裂帛代裹之。女始呻曰：“拯命之德，将何以报？”玉自初窥时，心已隐为弟谋，因告以意。女曰：“狼疾之人，不能操箕帚矣。当别为贤仲图之。”诘其姓氏，答言：“秦氏。”玉乃展衾，俾暂休养；自乃幞被他所。晓而视之，则床已空；意其自归。而访察近村，殊少此姓；广托戚朋，并无确耗。归与弟言，悔恨若失。

珏一日偶游涂野，遇一二八女郎，姿致娟娟，顾之微笑，似将有言。因以秋波四顾而后问曰：“君甘家二郎否？”曰：“然。”曰：“君家尊曾与妾有婚姻之约，何今日欲背前盟，另订秦家？”珏云：“小生幼孤，夙好都不曾闻，请言族阀，归当问兄。”女曰：“无须细道，但得一言，妾当自至。”珏以未禀兄命为辞。女笑曰：“騃郎君！遂如此怕哥子耶？妾陆氏，居东山望村。三日内，当候玉音。”乃别而去。珏归，述诸兄嫂。兄曰：“此大谬语！父殁时，我二十馀岁，倘有是说，那得不闻？”又以其独行旷野，遂与男儿交语，愈益鄙之。因问其貌，珏红彻面颈，不出一言。嫂笑曰："想是佳人。"玉曰："童子何辨妍媸？纵美，必不及秦；待秦氏不谐，图之未晚。"珏默而退。逾数日，玉在途，见一女子，零涕前行。垂鞭按辔而微睨之，人世殆无其匹。使仆诘焉。答曰："我旧许甘家二郎；因家贫远徙，遂绝耗问。近方归，复闻郎家二三其德，背弃前盟。往问伯伯甘璧人，焉置妾也？"玉惊喜曰"甘璧人，即我是也。先人曩约，实所不知。去家不远，请即归谋。"乃下骑授辔，步御以归。女自言："小字阿英。家无昆季，惟外姊秦氏同居。"始悟丽者即其人也。玉欲告诸其家，女固止之。窃喜弟得佳妇，然恐其佻达招议。久之，女殊矜庄，又娇婉善言。母事嫂，嫂亦雅爱慕之。

值中秋，夫妻方狎宴，嫂招之。珏意怅惘。女遣招者先行，约以继至；而端坐笑言，良久殊无去志。珏恐嫂待久，故连促之。女但笑，卒不复去。质旦，晨妆甫竟，嫂自来抚问："夜来相对，何尔怏怏？"女微哂之。珏觉有异，质对参差。嫂大骇："苟非妖物，何得有分身术？"玉亦惧，隔帘而告之曰："家世积德，曾无怨雠。如其妖也，请速行，幸勿杀吾弟！"女腆然曰："妾本非人，祗以阿翁夙盟，故秦家姊以此劝驾。自分不能育男女，尝欲辞去，所以恋恋者，为兄嫂待我不薄耳。今既见疑，请从此诀。”转眼化为鹦鹉，翩然逝矣。初，甘翁在时，蓄一鹦鹉甚慧，尝自投饵。时珏四五岁，问：“饲鸟何为？”父戏曰：“将以为汝妇。”间鹦鹉乏食，则呼珏云：“不将饵去，饿煞媳妇矣！”家人亦皆以此为戏。后断锁亡去。始悟旧约云即此也。然珏明知非人，而思之不置；嫂悬情尤切，旦夕啜泣。玉悔之而无如何。

后二年，为弟聘姜氏女，意终不自得。有表兄为粤司李，玉往省之，久不归。适土寇为乱，近村里落，半为丘墟。珏大惧，率家人避山谷。山上男女颇杂，都不知其谁何。忽闻女子小语，绝类英，嫂促珏近验之，果英。珏喜极，捉臂不释。女乃谓同行者曰：“姊且去，我望嫂嫂来。”既至，嫂望见悲哽。女慰劝再三。又谓：“此非乐土。”因劝令归。众惧寇至，女固言：“不妨。”乃相将俱归。女撮土拦户，嘱安居勿出，坐数语，反身欲去。嫂急握其腕，又令两婢捉左右足，女不得已，止焉。然不甚归私室；珏订之三四，始为之一往。嫂每谓新妇不能当叔意。女遂早起为姜理妆，梳竟，细匀铅黄，人视之，艳增数倍；如此三日，居然丽人。嫂奇之，因言：“我又无子。欲购一妾，姑未遑暇。不知婢辈可涂泽否？”女曰：“无人不可转移，但质美者易为力耳。”遂遍相诸婢，惟一黑丑者，有宜男相。乃唤与洗濯，已而以浓粉杂药末涂之。如是三日，面色渐黄；四七日，脂泽沁入肌理，居然可观。日惟闭门作笑，并不计及兵火。一夜，噪声四起，举家不知所谋。俄闻门外人马鸣动，纷纷俱去。既明，始知村中焚掠殆尽；盗纵群队穷搜，凡伏匿岩穴者，悉被杀掳。遂益德女，目之以神。女忽谓嫂曰："妾此来，徒以嫂义难忘，聊分离乱之忧。阿伯行至，妾在此，如谚所云，非李非桃，可笑人也。我姑去，当乘间一相望耳。"嫂问："行人无恙乎？"曰："近中有大难。此无与他人事，秦家姊受恩奢，意必报之，固当无妨。"嫂挽之过宿，未明已去。

玉自东粤归，闻乱，兼程进。途遇寇，主仆弃马，各以金束腰间，潜身丛棘中。一秦吉了飞集棘上，展翼覆之。视其足，缺一指，心异之。俄而群盗四合，绕莽殆遍，似寻之。二人气不敢息。盗既散，鸟始翔去。既归，各道所见。始知秦吉了即所救丽者也。

后值玉他出不归，英必暮至；计玉将归而早出。珏或会于嫂所，间邀之，则诺而不赴。一夕，玉他往，珏意英必至，潜伏候之。未几，英果来，暴起，要遮而归于室。女曰："妾与君情缘已尽，强合之，恐为造物所忌。少留有馀，时作一面之会，如何？"珏不听，卒与狎。天明，诣嫂。嫂怪之。女笑云："中途为强寇所劫，劳嫂悬望矣。"数语趋出。居无何，有巨狸啣鹦鹉经寝门过。嫂骇绝，固疑是英。时方沐，辍洗急号，群起噪击，始得之。

左翼沾血，奄存馀息。抱置膝头，抚摩良久，始渐醒。自以喙理其翼。少选，飞绕室中，呼曰："嫂嫂，别矣！吾怨珏也！"振翼遂去，不复来。

霍　女

朱大兴，彰德人。家富有而吝啬已甚，非儿女婚嫁，坐无宾、厨无肉。然佻达喜渔色，色所在，冗费不惜。每夜，逾垣过村，从荡妇眠。一夜，遇少妇独行，知为亡者，强胁之，引与俱归。烛之，美绝。自言“霍氏”。细致研诘。女不悦曰：“既加收齿，何必复盘察？如恐相累，不如早去。”朱不敢问，留与寝处。顾女不能安粗粝，又厌见肉臛，必燕窝或鸡心、鱼肚白作羹汤，始能餍饱。朱无奈，竭力奉之。又善病，日须参汤一碗。朱初不肯。女呻吟垂绝，不得已，投之，病若失。遂以为常。女衣必锦绣，数日，即厌其故。如是月馀，计费不赀，朱渐不供。女啜泣不食，求去。朱惧，又委曲承顺之。每苦闷，辄令十数日一招优伶为戏；戏时，朱设凳帘外，抱儿坐观之。女亦无喜容，数相诮骂，朱亦不甚分解。居二年，家渐落。向女婉言，求少减；女许之，用度皆损其半。久之，仍不给，女亦以肉糜相安；又渐而不珍亦御矣。朱窃喜。忽一夜，启后扉亡去。朱怊怅若失；遍访之，乃知在邻村何氏家。

何大姓，世胄也，豪纵好客，灯火达旦。忽有丽人，半夜入闺闼。诘之，则朱家之逃妾也。朱为人，何素藐之；又悦女美，竟纳焉。绸缪数日，益惑之，穷极奢欲，供奉一如朱。朱得耗，坐索之，何殊不为意。朱质于官。官以其姓名来历不明，置不理。朱货产行赇，乃准拘质。女谓何曰："妾在朱家，原非采礼媒定者，胡畏之？"何喜，将与质成。座客顾生谏曰："收纳逋逃，已干国纪；况此女入门，日费无度，即千金之家，何能久也？"何大悟，罢讼，以女归朱。过一二日，女又逃。

有黄生者，故贫士，无偶。女叩扉入，自言所来。黄见艳丽忽投，惊惧不知所为。黄素怀刑，固却之。女不去。应对间，娇婉无那。黄心动，留之；而虑其不能安贫。女早起，躬操家苦，劬劳过旧室。黄为人蕴藉潇洒，工于内媚，因恨相得之晚。止恐风声漏泄，为欢不久。而朱自讼后，家益贫；又度女终不能安，遂置不究。

女从黄数岁，亲爱甚笃。一日，忽欲归宁，要黄御送之。黄曰："向言无家，何前后之舛？"曰："曩漫言之。妾镇江人。昔从荡子，流落江湖，遂至于此。妾家颇裕，君竭资而往，必无相亏。”黄从其言，赁舆同去。至扬州境，泊舟江际。女适凭窗，有巨商子过，惊其艳，反舟缀之，而黄不知也。女忽曰：“君家綦贫，今有一疗贫之法，不知能从否？”黄诘之。女曰：“妾相从数年，未能为君育男女，亦一不了事。妾虽陋，幸未老耄，有能以千金相赠者，便鬻妾去，此中妻室、田庐皆备焉。此计如何？”黄失色，不知何故。女笑曰：“君勿急，天下固多佳人，谁肯以千金买妾者。其戏言于外，以觇其有无。卖不卖，固自在君耳。”黄不肯。女自与榜人妇言之，妇目黄，黄漫应焉。妇去无几，返言：“邻舟有商人子，愿出八百。”黄故摇首以难之。未几，复来，便言如命，即请过船交兑。黄微哂。女曰：“教渠姑待，我嘱黄郎，即令去。”女谓黄曰：“妾日以千金之躯事君，今始知耶？”黄问：“以何词遣之？”女曰：“请即往署券，去不去固自在我耳。”黄不可。女逼促之，黄不得已，诣焉。立刻兑付。黄令封志之，曰：“遂以贫故，竟果如此，遽相割舍。倘室人必不肯从，仍以原金璧赵。”方运金至舟，女已从榜人妇从船尾登商舟，遥顾作别，并无凄恋。黄惊魂离舍，嗌不能言。俄商舟解缆，去如箭激。黄大号，欲追傍之，榜人不从，开舟南渡矣。瞬息达镇江，运资上岸。榜人急解舟去。黄守装闷坐，无所适归，望江水之滔滔，如力镝之丛体。方掩泣间，忽闻娇声呼“黄郎”。愕然四顾，则女已在前途。喜极，负装从之。问：“卿何遽得来？”女笑曰：“再迟数刻，则君有疑心矣。”黄乃疑其非常，固诘其情。女笑曰：“妾生平于吝者则破之，于邪者则诳之也。若实与君谋，君必不肯，何处可致千金者？错囊充牣，而合浦珠还，君幸足矣，穷问何为？”乃倩役荷囊，相将俱去。

至水门内，一宅南向，迳入。俄而翁媪男妇，纷出相迎，皆曰：“黄郎来也！”黄入参公姥。有两少年，揖坐与语，是女兄弟，大郎、三郎也。筵间味无多品，玉柈四枚，方几已满。鸡蟹鹅鱼，皆脔切为个。少年以巨椀行酒，谈吐豪放。已而导入别院，俾夫妇同处。衾枕滑耎，而床则以熟革代棕藤焉。日有婢媪馈致三餐，女或时竟日不出。黄独居闷苦，屡言归，女固止之。一日，谓黄曰：“今为君谋：请买一人，为子嗣计。然买婢媵则价奢；当伪为妾也兄者，使父与论婚，良家子不难致。”黄不可，女弗听。有张贡士之女新寡，议聘金百缗，女强为娶之。新妇小名阿美，颇婉妙。女嫂呼之；黄瑟踧不安，而女殊坦坦。他日，谓黄曰：“妾将与大姊至南海，一省阿姨，月馀可返，请夫妇安居。”遂去。

夫妻独居一院，按时给饮食，亦甚隆备。然自入门后，曾无一人复至其室。每晨，阿美入觐媪，一两言辄退。娣姒在旁，惟相视一笑。既流连久坐，亦不款曲，黄见翁，亦如之。偶值诸郎聚语，黄至，既都寂然。黄疑闷莫可告语。阿美觉之，诘曰：“君既与诸郎伯仲，何以月来都如生客？”黄仓猝不能对，吃吃而言曰：“我十年于外，今始归耳。”美又细审翁姑阀阅，及妯娌里居。黄大窘，不能复隐，底里尽露。女泣曰：“妾家虽贫，无作贱媵者，无怪诸宛若鄙不齿数矣！”黄惶怖莫知筹计，惟长跪一听女命。美收涕挽之，转请所处。黄曰：“仆何敢他谋，计惟孑身自去耳。”女曰：“既嫁复归，于情何忍？渠虽先从，私也；妾虽后至，公也。不如姑俟其归，问彼既出此谋，将何以置妾也？”居数月，女竟不返。一夜，闻客舍喧饮，黄潜往窥之，见二客戎装上坐：一人裹豹皮巾，凛若天神；东首一人，以虎头革作兜牟，虎口啣额，鼻耳悉具焉。惊异而返，以告阿美，竟莫测霍父子何人。夫妻疑惧，谋欲僦寓他所，又恐生其猜度。黄曰：“实告卿：即南海人还，折证已定，仆亦不能家此也。今欲携卿去，又恐尊大人别有异言。不如姑别，二年中当复至。卿能待，待之；如欲他适，亦自任也。”阿美欲告父母而从之，黄不可。阿美流涕，要以信誓，乃别而归。黄入辞翁姑。时诸郎皆他出，翁挽留以待其归，黄不听而行。登舟凄然，形神丧失。至瓜州，忽回首见片帆来，驶如飞；渐近，则船头按剑而坐者，霍大郎也。遥谓曰：“君欲遄返，胡再不谋？遗夫人去，二三年，谁能相待也？”言次，舟已逼近。阿美自舟中出，大郎挽登黄舟，跳身迳去。先是，阿美既归，方向父母泣诉，忽大郎将舆登门，按剑相胁，逼女风走。一家慑息，莫敢遮问。女述其状，黄不解何意，而得美良喜，开舟遂发。

至家，出资营业，颇称富有。阿美常悬念父母，欲黄一往探之；又恐以霍女来，嫡庶复有参差。居无何，张翁访至，见屋宇修整，心颇慰。谓女曰：“汝出门后，遂诣霍家探问，见门户已扃，第主亦不之知，半年竟无消息。汝母日夜零涕，谓被奸人赚去，不知流离何所。今幸无恙耶？”黄实告以情，因相猜为神。后阿美生子，取名仙赐。至十馀岁，母遣诣镇江，至扬州界，休于旅舍，从者皆出。有女子来，挽儿入他室，下帘，抱诸膝上，笑问何名。儿告之。问：“取名何义？”答云：“不知。”女曰：“归问汝父当自知。”乃为挽髻，自摘髻上花代簪之；出金钏束腕上。又以黄金内袖，曰：“将去买书读。”儿问其谁，曰：“儿不知更有一母耶？归告汝父：朱大兴死无棺木，当助之，勿忘也。”老仆归舍，失少主；寻至他室，闻与人语，窥之，则故主母。帘外微嗽，将有咨白。女推儿榻上，恍惚已杳。问之舍主，并无知者。数日，自镇江归，语黄，又出所赠。黄感叹不已。及询朱，则死裁三日，露尸未葬，厚恤之。

异史氏曰：“女其仙耶？三易其主不为贞；然为吝者破其悭，为淫者速其荡，女非无心者也。然破之则不必其怜之矣，贪淫鄙吝之骨，沟壑何惜焉？”

云萝公主

安大业，卢龙人。生而能言，母饮以犬血，始止。既长，韶秀，顾影无俦；慧而能读。世家争婚之。母梦曰："儿当尚主。"信之。至十五六，迄无验，亦渐自悔。一日，安独坐，忽闻异香。俄一美婢奔入，曰："公主至。"即以长毡贴地，自门外直至榻前。方骇疑间，一女郎扶婢肩入；服色容光，映照四堵。婢即以绣垫设榻上，扶女郎坐。安仓皇不知所为，鞠躬便问："何处神仙，劳降玉趾？"女郎微笑，以袍袖掩口。婢曰："此圣后府中云萝公主也。圣后属意郎君，欲以公主下嫁，故使自来相宅。"安惊喜，不知置词；女亦俯首：相对寂然。安故好棋，楸枰尝置坐侧。一婢以红巾拂尘，移诸案上，曰："主日耽此，不知与粉侯孰胜？"安移坐近案，主笑从之。甫三十馀着，婢竟乱之，曰："驸马负矣！"敛子入盒，曰："驸马当是俗间高手，主仅能让六子。"乃以六黑子实局中，主亦从之。主坐次，辄使婢伏坐下，以背受足；左足踏地，则更一婢右伏。又两小鬟夹侍之；每值安凝思时，辄曲一肘伏肩上。局阑未结，小鬟笑云："驸马负一子。"进曰："主惰，宜且退。"女乃倾身与婢耳语。婢出，少顷而还，以千金置榻上，告生曰："适主言居宅湫隘，烦以此少致修饰，落成相会也。"一婢曰："此月犯天刑，不宜建造；月后吉。"女起；生遮止，闭门。婢出一物，状类皮排，就地鼓之；云气突出，俄顷四合，冥不见物，索之已杳。母知之，疑以为妖。而生神驰梦想，不能复舍。急于落成，无暇禁忌；刻日敦迫，廊舍一新。

先是，有滦州生袁大用，侨寓邻坊，投刺于门；生素寡交，托他出，又窥其亡而报之。后月馀，门外适相值，二十许少年也。宫绢单衣，丝带乌履，意甚都雅。略与倾谈，颇甚温谨。悦之，揖而入。请与对弈，互有赢亏。已而设酒留连，谈笑大欢。明日，邀生至其寓所，珍肴杂进，相待殷渥。有小童十二三许，拍板清歌，又跳掷作剧。生大醉，不能行，便令负之。生以其纤弱，恐不胜。袁强之。僮绰有馀力，荷送而归。生奇之。次日，犒以金，再辞乃受。由此交情款密，三数日辄一过从。袁为人简默，而慷慨好施。市有负债鬻女者，解囊代赎，无吝色。生以此益重之。过数日，诣生作别，赠象箸、楠珠等十馀事，白金五百，用助兴作。生反金受物，报以束帛。后月馀，乐亭有仕宦而归者，橐赀充牣。盗夜入，执主人，烧铁钳灼，劫掠一空。家人识袁，行牒追捕。邻院屠氏，与生家积不相能，因其土木大兴，阴怀疑忌。适有小仆窃象箸，卖诸其家，知袁所赠，因报大尹。尹以兵绕舍，值生主仆他出，执母而去。母衰迈受惊，仅存气息，二三日不复饮食。尹释之。生闻母耗，急奔而归，则母病已笃，越宿遂卒。收殓甫毕，为捕役执去。尹见其年少温文，窃疑诬枉，故恐喝之。生实述其交往之由。尹问："何以暴富？"生曰："母有藏镪，因欲亲迎，故治昏室耳。"尹信之，具牒解郡。邻人知其无事，以重金赂监者，使杀诸途。路经深山，被曳近削壁，将推堕之。计逼情危，时方急难，忽一虎自丛莽中出，啮二役皆死，衔生去。至一处，重楼迭阁，虎入，置之。见云萝扶婢出，凄然慰吊："妾欲留君，但母丧未卜窀穸。可怀牒去，到郡自投，保无恙也。"因取生胸前带，连结十馀扣，嘱云："见官时，拈此结而解之，可以弭祸。"生如其教，诣郡自投。太守喜其诚信，又稽牒知其冤，销名令归。至中途，遇袁，下骑执手，备言情况。袁愤然作色，默不一语。生曰："以君风采，何自污也？"袁曰："某所杀皆不义之人，所取皆非义之财。不然，即遗于路者，不拾也。君教我固自佳，然如君家邻，岂可留在人间耶！”言已，超乘而去。生归，殡母已，杜门谢客。忽一夜，盗入邻家，父子十馀口，尽行杀戮，止留一婢。席卷赀物，与僮分携之。临去，执灯谓婢：“汝认之，杀人者我也，与人无涉。”并不启关，飞檐越壁而去。明日，告官。疑生知情，又捉生去。邑宰词色甚厉。生上堂握带，且辨且解，宰不能诘，又释之。

既归，益自韬晦，读书不出，一跛妪执炊而已。服既阕，日扫阶庭，以待好音。一日，异香满院。登阁视之，内外陈设焕然矣。悄揭画帘，则公主凝妆坐。急拜之。女挽手曰：“君不信数，遂使土木为灾；又以苫块之戚，迟我三年琴瑟：是急之而反以得缓，天下事大抵然也。”生将出赀治具。女曰：“勿复须。”婢探椟，肴羹热如新出于鼎，酒亦芳冽。酌移时，日已投暮，足下所踏婢，渐都亡去。女四肢娇惰，足股屈伸，似无所著。生狎抱之。女曰：“君暂释手。今有两道，请君择之。”生揽项问故。曰：“若为棋酒之交，可得三十年聚首；若作床笫之欢，可六年谐合耳。君焉取？”生曰：“六年后再商之。”女乃默然，遂相燕好。女曰：“妾固知君不免俗道，此亦数也。”因使生蓄婢媪，别居南院，炊爨纺织，以作生计。北院中并无烟火，惟棋枰、酒具而已。户常阖，生推之则自开，他人不得入也。然南院人作事勤惰，女辄知之，每使生往谴责，无不具服。女无繁言，无哂笑，与有所谈，但俯首微哂。每骈肩坐，喜斜倚人。生举而加诸膝，轻如抱婴。生曰："卿轻若此，可作掌上舞。"曰："此何难！但婢子之为，所不屑耳。飞燕原九姊侍儿，屡以轻佻获罪，怒谪尘间，又不守女子之贞；今已幽之。"阁上以锦布满，冬未尝寒，夏未尝热。女严冬皆着轻縠；生为制鲜衣，强使着之。逾时解去，曰："尘浊之物，几于压骨成劳！"一日，抱诸膝上，忽觉沉倍曩昔，异之。笑指腹曰："此中有俗种矣。"过数日，颦黛不食，曰："近病恶阻，颇思烟火之味。"生乃为具甘旨。从此饮食遂不异于常人。一日曰："妾质单弱，不任生产。婢子樊英颇健，可使代之。"乃脱衷服衣英，闭诸室。少顷，闻儿啼。启扉视之，男也。喜曰："此儿福相，大器也！"因名大器。绷纳生怀，俾付乳媪，养诸南院。女自免身，腰细如初，不食烟火矣。忽辞生，欲暂归宁。问返期，答以"三日"。鼓皮排如前状，遂不见。至期不来；积年馀，音信全渺，亦已绝望。生键户下帏，遂领乡荐。终不肯娶；每独宿北院，沐其馀芳。一夜，辗转在榻，忽见灯火射窗，门亦自辟，群婢拥公主入。生喜，起问爽约之罪。女曰："妾未愆期，天上二日半耳。"生得意自诩，告以秋捷，意主必喜。女愀然曰："乌用是傥来者为！无足荣辱，止折人寿数耳。三日不见，入俗幛又深一层矣。”生由是不复进取。过数月，又欲归宁。生殊凄恋。女曰：“此去定早还，无烦穿望。且人生合离，皆有定数，撙节之则长，恣纵之则短也。”既去，月馀即返。从此一年半步岁辄一行，往往数月始还，生习为常，亦不之怪。又生一子。女举之曰：“豺狼也！”立命弃之。生不忍而止，名曰可弃。甫周岁，急为卜婚。诸媒接踵，问其甲子，皆谓不合。曰：“吾欲为狼子治一深圈，竟不可得，当令倾败六七年，亦数也。”嘱生曰：“记取四年后，侯氏生女，左胁有小赘疣，乃此儿妇。当婚之，勿较其门地也。”即令书而志之。后又归宁，竟不复返。

生每以所嘱告亲友。果有侯氏女，生有疣赘，侯贱而行恶，众咸不齿，生竟媒定焉。大器十七岁及第，娶云氏，夫妻皆孝友。父钟爱之。可弃渐长，不喜读，辄偷与无赖博赌，恒盗物偿戏债。父怒，挞之，卒不改。相戒提防，不使有所得。遂夜出，小为穿窬。为主所觉，缚送邑宰。宰审其姓氏，以名刺送之归。父兄共縶之，楚掠惨棘，几于绝气。兄代哀免，始释之。父忿恚得疾，食锐减。乃为二子立析产书，楼阁沃田，尽归大器。可弃怨怒，夜持刀入室，将杀兄，误中嫂。先是，主有遗裤，绝轻耎，云拾作寝衣。可弃斫之，火星四射，大惧，奔出。父知，病益剧，数月寻卒。可弃闻父死，始归。兄善视之，而可弃益肆。年馀，所分田产略尽，赴郡讼兄。官审知其人，斥逐之。兄弟之好遂绝。又逾年，可弃二十有三，侯女十五矣。兄忆母言，欲急为完婚。召至家，除佳宅与居；迎妇入门，以父遗良田，悉登籍交之，曰："数顷薄产，为若蒙死守之，今悉相付。吾弟无行，寸草与之，皆弃也。此后成败，在于新妇：能令改行，无忧冻饿；不然，兄亦不能填无底壑也。"侯虽小家女，然固慧丽，可弃雅畏爱之，所言无敢违。每出，限以晷刻，过期，则诟厉不与饮食，可弃以此少敛。年馀，生一子。妇曰："我以后无求于人矣。膏腴数顷，母子何患不温饱？无夫焉，亦可也。"会可弃盗粟出赌，妇知之，弯弓于门以拒之。大惧，避去。窥妇入，逡巡亦入。妇操刀起。可弃反奔，妇逐斫之，断幅伤臀，血沾袜履。忿极，往诉兄，兄不礼焉，冤惭而去。过宿复至，跪嫂哀泣，求先容于妇，妇决绝不纳。可弃怒，将往杀妇，兄不语。可弃忿起，操戈直出。嫂愕然，欲止之。兄目禁之。俟其去，乃曰："彼固作此态，实不敢归也。"使人觇之，已入家门。兄始色动，将奔赴之，而可弃已坌息入。盖可弃入家，妇方弄儿，望见之，掷儿床上，觅得厨刀；可弃惧，曳戈反走，妇逐出门外始返。兄已得其情，故诘之。可弃不言，惟向隅泣，目尽肿。兄怜之，亲率之去，妇乃纳之。俟兄出，罚使长跪，要以重誓，而后以瓦盆赐之食。

自此改行为善。妇持筹握算，日致丰盈，可弃仰成而已。后年七旬，子孙满前，妇犹时捋白须，使膝行焉。

异史氏曰：“悍妻妒妇，遭之者如疽附于骨，死而后已，岂不毒哉！然砒、附，天下之至毒也，苟得其用，瞑眩大瘳，非参、苓所能及矣。而非仙人洞见脏腑，又乌敢以毒药贻子孙哉！”

神　女

米生者，闽人，传者忘其名字、郡邑。偶入郡，醉过市廛，闻高门中箫鼓如雷。问之居人，云是开寿筵者，然门庭亦殊清寂。听之，笙歌繁响。醉中雅爱乐之，并不问其何家，即街头市祝仪，投晚生刺焉。或见其衣冠朴陋，便问："君系此翁何亲？"答言："无之。"或言："此流寓者，侨居于此，不审何官，甚贵倨也。既非亲属，将何求？"生闻而悔之，而刺已入矣。无何，两少年出逆客，华裳眩目，丰采都雅，揖生入。见一叟南向坐，东西列数筵，客六七人，皆似贵胄；见生至，尽起为礼，叟亦杖而起。生久立，待与周旋，而叟殊不离席。两少年致词曰："家君衰迈，起拜良艰，予兄弟代谢高贤之见枉也。"生逊谢而罢。遂增一筵于上，与叟接席。未几，女乐作于下。座后设琉璃屏，以幛内眷。鼓吹大作，座客不复可以倾谈。筵将终，两少年起，各以巨杯劝客，杯可容三斗，生有难色；然见客受，亦受。顷刻四顾，主客尽釂；生不得已，亦强尽之。少年复斟。生觉惫甚，起而告退。少年强挽其裾。生大醉遢地，但觉有人以冷水洒面，恍然若寤。起视，宾客尽散，惟一少年捉臂送之，遂别而归。后再过其门，则已迁去矣。

自郡归，偶适市，一人自肆中出，招之饮。视之，不识；姑从之入，则座上先有里人鲍庄在焉。问其人，乃诸姓，市中磨镜者也。问："何相识？"曰："前日上寿者，君识之否？"生言："不识。"诸言："予出入其门最稔。翁，傅姓，但不知何省何官。先生上寿时，我方在墀下，故识之也。"日暮，饮散。鲍庄夜死于途。鲍父不识诸，执名讼生。检得鲍庄体有重伤，生以谋杀论死，备历械梏；以诸未获，罪无申证，颂系之。年馀，直指巡方，廉知其冤，出之。

家中田产荡尽，而衣巾革褫，冀其可以辨复，于是携囊入郡。日将暮，步履颇殆，休于路侧。遥见小车来，二青衣夹随之。既过，忽命停舆。车中不知何言。俄一青衣问生："君非米姓乎？"生惊起诺之。问："何贫窭若此？"生告以故。又问："安之？"又告之。青衣去，向车中语；俄复返，请生至车前。车中以纤手搴帘，微睨之，绝代佳人也。谓生曰："君不幸得无妄之祸，闻之太息。今日学使署中，非白手可以出入者，途中无可解赠，……"乃于髻上摘珠花一朵，授生曰："此物可鬻百金，请缄藏之。"生下拜，欲问官阀，车行甚疾，其去已远，不解何人。执花悬想，上缀明珠，非凡物也。珍藏而行。至郡，投状，上下勒索甚苦；出花展视，不忍置去，遂归。归而无家，依于兄嫂。幸兄贤，为之经纪，贫不废读。

过岁，赴郡应童子试，误入深山。会清明节，游人甚众。有数女骑来，内一女郎，即曩年车中人也。见生停骖，问其所往。生具以对。女惊曰："君衣顶尚未复耶？"生惨然于衣下出珠花，曰："不忍弃此，故犹童子也。"女郎晕红上颊。既，嘱坐待路隅，款段而去。久之，一婢驰马来，以裹物授生，曰："娘子言：今日学使之门如市，赠白金二百，为进取之资。"生辞曰："娘子惠我多矣！自分掇芹非难，重金所不敢受。但告以姓名，绘一小像，焚香供之，足矣。"婢不顾，委地下而去。生由此用度颇充，然终不屑夤缘。后入邑庠第一。以金授兄；兄善居积，三年，旧业尽复。

适闽中巡抚为生祖门人，优恤甚厚，兄弟称巨家矣。然生素清鲠，虽属大僚通家，而未尝有所干谒。一日，有客裘马至门，都无识者。出视，则傅公子也。揖而入，各道间阔。治具相款。客辞以冗，然亦不竟言去。已而肴酒既陈，公子起而请闲，相将入内，拜伏于地。生惊问："何事？"怆然曰："家君适罹大祸，欲有求于抚台，非兄不可。"生辞曰："渠虽世谊，而以私干人，生平所不为也。"公子伏地哀泣。生厉色曰："小生与公子，一饮之知交耳，何遂以丧节强人！"公子大惭，起而别去。越日，方独坐，有青衣人入，视之，即山中赠金者。生方惊起，青衣曰："君忘珠花否？"生曰："唯唯，不敢忘！"曰："昨公子，即娘子胞兄也。"生闻之，窃喜，伪曰："此难相信。若得娘子亲见一言，则油鼎可蹈耳；不然，不敢奉命。"青衣出，驰马而去。更尽复返，扣扉入曰："娘子来矣！"言未已，女郎惨然入，向壁而哭，不作一语。生拜曰："小生非卿，无以有今日。但有驱策，敢不惟命！"女曰："受人求者常骄人，求人者常畏人。中夜奔波，生平何解此苦，祇以畏人故耳，亦复何言！"生慰之曰："小生所以不遽诺者，恐过此一见为难耳。使卿夙夜蒙露，吾知罪矣！"因挽其袪。隐抑搔之。女怒曰："子诚敝人也！不念畴昔之义，而欲乘人之厄。予过矣！予过矣！"忿然而出，登车欲去。生追出谢过，长跪而要遮之。青衣亦为缓颊。女意稍解，就车中谓生曰："实告君：妾非人，乃神女也。家君为南岳都理司，偶失礼于地官，将达帝听；非本地都人官印信，不可解也。君如不忘旧义，以黄纸一幅，为妾求之。”言已，车发遂去。生归，悚惧不已。乃假驱祟，言于巡抚。巡抚谓其事近巫蛊，不许。生以厚金赂其心腹，诺之，而未得其便也。既归，青衣候门，生具告之，默然遂去，意似怨其不忠。生追送之曰：“归语娘子：如事不谐，我以身命殉之！”既归，终夜辗转，不知计之所出。适院署有宠姬购珠，乃以珠花献之。姬大悦，窃印为生嵌之。怀归，青衣适至。笑曰：“幸不辱命。然数年来贫贱乞食所不忍鬻者，今还为主人弃之矣！”因告以情；且曰：“黄金抛置，我都不惜；寄语娘子：珠花须要偿也！”

逾数日，傅公子登堂申谢，纳黄金百两。生作色曰：“所以然者，为令妹之惠我无私耳；不然，即万金岂足以易名节哉！”再强之，声色益厉。公子惭而去，曰：“此事殊未了！”翼日，青衣奉女郎命，进明珠百颗，曰：“此足以偿珠花否耶？”生曰：“重花者，非贵珠也。设当日赠我万镒之宝，直须卖作富家翁耳，什袭而甘贫贱，何为乎？娘子神人，小生何敢他望，幸得报洪恩于万一，死无憾矣！”青衣置珠案间，生朝拜而后却之。越数日，公子又至。生命治肴酒。公子使从人入厨下，自行烹调，相对纵饮，欢若一家。有客馈苦糯，公子饮而美之，引尽百琖，面颊微赪。乃谓生曰：“君贞介士，愚兄弟不能早知君，有愧裙钗多矣。家君感大德，无以相报，欲以妹子附为婚姻，恐以幽明见嫌也。”生喜惧非常，不知所对。公子辞而出，曰：“明夜七月初九，新月钩辰，天孙有少女下嫁，吉期也，可备青庐。”次夕，果送女郎至，一切无异常人。三日后，女自兄嫂以及婢仆，大小皆有馈赏。又最贤，事嫂如姑。数年不育，劝纳副室，生不肯。适兄贾于江淮，为买少姬而归。姬，顾姓，小字博士，貌亦清婉，夫妇皆喜。见髻上插珠花，甚似当年故物；摘视，果然。异而诘之。答云：“昔有巡抚爱妾死，其婢盗出鬻于市，先人廉其直，买而归。妾爱之。先人无子，生妾一人，故所求无不得。后父死家落，妾寄养于顾媪之家；顾，妾姨行，见珠，屡欲售去，妾投井觅死，故至今犹存也。”夫妇叹曰：“十年之物，复归故主，岂非数哉！”女另出珠花一朵，曰：“此物久无偶矣！”因并赐之，亲为簪于髻上。姬退，问女郎家世甚悉，家人皆讳言之。阴语生曰：“妾视娘子，非人间人也；其眉目间有神气。昨簪花时，得近视，其美丽出于肌里，非若凡人以黑白位置中见长耳。”生笑之。姬曰：“君勿言，妾将试之：如其神，但有所须，无人处焚香以求，彼当自知。”女郎绣袜精工，博士爱之，而未敢言，乃即闺中焚香祝之。女早起，忽检箧中，出袜，遣婢赠博士。生见之而笑。女问故，以实告。女曰：“黠哉婢乎！”因其慧，益怜爱之：然博士益恭，昧爽时，必熏沐以朝。后博士一举两男，两人分字之。生年八十，女貌犹如处子。生抱病，女鸠匠为材，令宽大倍于寻常。既死，女不哭；男女他适，则女已入材中死矣。因并葬之。至今传为“大材冢”云。

异史氏曰：“女则神矣，博士而能知之，是遵何术欤？乃知人之慧固有灵于神者矣！”

黄英

马子才，顺天人。世好菊，至才尤甚，闻有佳种，必购之，千里不惮。一日，有金陵客寓其家，自言其中表亲有一二种，为北方所无。马欣动，即刻治装，从客至金陵。客多方为之营求，得两芽，裹藏如宝。归至中途，遇一少年，跨蹇从油碧车，丰姿洒落。渐近与语。少年自言："陶姓。"谈言骚雅。因问马所自来，实告之。少年曰："种无不佳，培溉在人。"因与论艺菊之法。马大悦，问："将何往？"答云："姊厌金陵，欲卜居于河朔耳。"马欣然曰："仆虽固贫，茅庐可以寄榻。不嫌荒陋，无烦他适。"陶趋车前，向姊咨禀。车中人推帘语，乃二十许绝世美人也。顾弟言："屋不厌卑，而院宜得广。"马代诺之，遂与俱归。

第南有荒圃，仅小室三四椽，陶喜，居之。日过北院，为马治菊。菊已枯，拔根再植之，无不活。然家清贫，陶日与马共食饮，而察其家似不举火。马妻吕，亦爱陶姊，不时以升斗馈恤之。陶姊小字黄英，雅善谈，辄过吕所，与共纫绩。陶一日谓马曰："君家固不丰，仆日以口腹累知交，胡可为常。为今计，卖菊亦足谋生。"马素介，闻陶言，甚鄙之，曰："仆以君风流高士，当能安贫；今作是论，则以东篱为市井，有辱黄花矣。"陶笑曰："自食其力不为贪，贩花为业不为俗。人固不可苟求富，然亦不必务求贫也。"马不语，陶起而出。自是，马所弃残枝劣种，陶悉掇拾而去。由此不复就马寝食，招之始一至。未几，菊将开，闻其门嚣喧如市。怪之，过而窥焉，见市人买花者，车载肩负，道相属也。其花皆异种，目所未睹。心厌其贪，欲与绝；而又恨其私秘佳本，遂款其扉，将就诮让。陶出，握手曳入。见荒庭半亩皆菊畦，数椽之外无旷土。劚去者，则折别枝插补之；其蓓蕾在畦者，罔不佳妙：而细认之，皆向所拔弃也。陶入屋，出酒馔，设席畦侧，曰："仆贫不能守清戒，连朝幸得微赀，颇足供醉。"少间，房中呼"三郎"，陶诺而去。俄献佳肴，烹饪良精。因问："贵姊胡以不字？"答云："时未至。"问："何时？"曰："四十三月。"又诘："何说？"但笑不言，尽欢始散。过宿，又诣之，新插者已盈尺矣。大奇之，苦求其术。陶曰：“此固非可言传；且君不以谋生，焉用此？”又数日，门庭略寂，陶乃以蒲席包菊，捆载数车而去。逾岁，春将半，始载南中异卉而归，于都中设花肆，十日尽售，复归艺菊。问之去年买花者，留其根，次年尽变而劣，乃复购于陶。陶由此日富：一年增舍，二年起夏屋。兴作从心，更不谋诸主人。渐而旧日花畦，尽为廊舍。更于墙外买田一区，筑墉四周，悉种菊。至秋，载花去，春尽不归。而马妻病卒。意属黄英，微使人风示之。黄英微笑，意似允许，惟专候陶归而已。

年馀，陶竟不至。黄英课仆种菊，一如陶。得金益合商贾，村外治膏田二十顷，甲第益壮。忽有客自东粤来，寄陶生函信，发之，则嘱姊归马。考其寄书之日，即妻死之日；回忆园中之饮，适四十三月也，大奇之。以书示英，请问“致聘何所”。英辞不受采。又以故居陋，欲使就南第居，若赘焉。马不可，择日行亲迎礼。黄英既适马，于间壁开扉通南第，日过课其仆。马耻以妻富，恒嘱黄英作南北籍，以防淆乱。而家所须，黄英辄取诸南第。不半岁，家中触类皆陶家物。马立遣人一一赍还之，戒勿复取。未浃旬，又杂之。凡数更，马不胜烦。黄英笑曰：“陈仲子毋乃劳乎？”马惭，不复稽，一切听诸黄英。鸠工庀料，土木大作，马不能禁。经数月，楼舍连亘，两第竟合为一，不分疆界矣。然遵马教，闭门不复业菊，而享用过于世家。马不自安，曰：“仆三十年清德，为卿所累。今视息人间，徒依裙带而食，真无一毫丈夫气矣。人皆祝富，我但祝穷耳！”黄英曰：“妾非贪鄙；但不少致丰盈，遂令千载下人，谓渊明贫贱骨，百世不能发迹，故聊为我家彭泽解嘲耳。然贫者愿富，为难；富者求贫，固亦甚易。床头金任君挥去之，妾不靳也。”马曰：“捐他人之金，抑亦良丑。”英曰：“君不愿富，妾亦不能贫也。无已，析君居：清者自清，浊者自浊，何害？”乃于园中筑茅茨，择美婢往侍马。马安之。然过数日，苦念黄英。招之，不肯至；不得已，反就之。隔宿辄至，以为常。黄英笑曰：“东食西宿，廉者当不如是。”马亦自笑，无以对，遂复合居如初。会马以事客金陵，适逢菊秋。早过花肆，见肆中盆列甚烦，款朵佳胜，心动，疑类陶制。少间，主人出，果陶也。喜极，具道契阔，遂止宿焉。要之归，陶曰：“金陵，吾故土，将婚于是。积有薄赀，烦寄吾姊。我岁杪当暂去。”马不听，请之益苦。且曰：“家幸充盈，但可坐享，无须复贾。”坐肆中，使仆代论价，廉其直，数日尽售。逼促囊装，赁舟遂北。入门，则姊已除舍，床榻裀褥皆设，若预知弟也归者。陶自归，解装课役，大修亭园，惟日与马共棋酒，更不复结一客。为之择婚，辞不愿。姊遣两婢侍其寝处，居三四年，生一女。

陶饮素豪，从不见其沉醉。有友人曾生，量亦无对。适过马，马使与陶相较饮。二人纵饮甚欢，相得恨晚。自辰以迄四漏，计各尽百壶。曾烂醉如泥，沉睡座间。陶起归寝，出门践菊畦，玉山倾倒，委衣于侧，即地化为菊，高如人；花十馀朵，皆大于拳。马骇绝，告黄英。英急往，拔置地上，曰："胡醉至此！"覆以衣，要马俱去，戒勿视。既明而往，则陶卧畦边。马乃悟姊弟菊精也，益爱敬之。而陶自露迹，饮益放，恒自折柬招曾，因与莫逆。值花朝，曾来造访，以两仆舁药浸白酒一坛，约与共尽。坛将竭，二人犹未甚醉。马潜以一瓻续入之，二人又尽之。曾醉已惫，诸仆负之以去。陶卧地，又化为菊。马见惯不惊，如法拔之，守其旁以观其变。久之，叶益憔悴。大惧，始告黄英。英闻骇曰："杀吾弟矣！"奔视之，根株已枯。痛绝，掐其梗，埋盆中，携入闺中，日灌溉之。马悔恨欲绝，甚怨曾。越数日，闻曾已醉死矣。盆中花渐萌，九月既开，短干粉朵，嗅之有酒香，名之"醉陶"，浇以酒则茂。后女长成，嫁于世家。黄英终老、亦无他异。

异史氏曰："青山白云人，遂以醉死，世尽惜之，而未必不自以为快也。植此种于庭中，如见良友，如对丽人——不可不物色之也。"

锦　瑟

沂人王生，少孤，自为族。家清贫；然风标修洁，洒然裙屐少年也。富翁兰氏，见而悦之，妻以女，许为起屋治产。娶未几而翁死。妻兄弟鄙不齿数。妇尤骄倨，常佣奴其夫；自享馐馔，生至，则脱粟瓢饮，折梯为匕，置其前。王悉隐忍之。年十九，往应童子试，被黜。自郡中归，妇适不在室，釜中烹羊臛熟，就啖之。妇入，不语，移釜去。生大惭，抵箸地上，曰："所遭如此，不如死！"妇恚，问死期，即授索为自经之具。生忿投羹碗，败妇颡。生含愤出，自念良不如死，遂怀带入深壑。

至丛树下，方择枝系带，忽见土崖间，微露裙幅；瞬息，一婢出，睹生，急返，如影就灭，土壁亦无绽痕。固知妖异；然欲觅死，故无畏怖，释带坐觇之。少间，复露半面，一窥即缩去。念此鬼物，从之必有死乐。因抓石叩壁曰："地如可入，幸示一途！我非求欢，乃求死者。"久之，无声。王又言之。内云："求死请姑退，可以夜来。"音声清锐，细如游蜂。生曰："诺。"遂退以待夕。未几，星宿已繁，崖间忽成高第，静敞双扉。生拾级而入。才数武，有横流涌注，气类温泉。以手探之，热如沸汤；不知其深几许。疑即鬼神示以死所，遂踊身入。热透重衣，肤痛欲糜；幸浮不沉。泅没良久，热渐可忍，极力爬抓，始登南岸，一身幸不泡伤。行次，遥见厦屋中有灯火，趋之。有猛犬暴出，龁衣败袜。摸石以投，犬稍却。又有群犬要吠，皆大如犊。危急间，婢出叱退，曰："求死郎来耶？吾家娘子悯君厄穷，使妾送君入安乐窝，从此无灾矣。"挑灯导之。启后门，黯然行去。入一家，明烛射窗，曰："君自入，妾去矣。"

生入室四瞻，盖已入己家矣。反奔而出，遇妇所役老媪曰："终日相觅，又焉往！"反曳入。妇帕裹伤处，下床笑逆，曰："夫妻年馀，狎谑顾不识耶？我知罪矣。君受虚诮，我被实伤，怒亦可以少解。"乃于床头取巨金二铤置生怀，曰："以后衣食，一唯君命，可乎？"生不语，抛金夺门而奔，仍将入壑，以叩高第之门。既至野，则婢行缓弱，挑灯尤遥望之。生急奔且呼，灯乃止。既至，婢曰："君又来，负娘子苦心矣。"王曰："我求死，不谋与卿复求活。娘子巨家，地下亦应需人。我愿服役，实不以有生为乐。”婢曰：“乐死不如苦生，君设想何左也！吾家无他务。惟淘河、粪除、饲犬、负尸；作不如程，则刵耳、劓鼻、敲肘刖趾。君能之乎？”答曰：“能之。”又入后门，生问：“诸役何也？适言负尸，何处得如许死人？”婢曰：“娘子慈悲，设‘给孤园’，收养九幽横死无归之鬼。鬼以千计，日有死亡，须负瘗之耳。请一过观之。”移时，入一门，署“给孤园”。入，见屋宇错杂，秽臭熏人。园中鬼见烛群集，皆断头缺足，不堪入目。回首欲行，见尸横墙下；近视之，血肉狼籍。曰：“半日未负，已被狗咋。”即使生移去之。生有难色，婢曰：“君如不能，请仍归享安乐。”生不得已，负置秘处。乃求婢缓颊，幸免尸污。婢诺。行近一舍，曰：“姑坐此，妾入言之。饲狗之役较轻，当代图之，庶几得当以报。”去少顷，奔出，曰：“来，来！娘子出矣。”生从入。见堂上笼烛四悬，有女郎近户坐，乃二十许天人也。生伏阶下。女郎命曳起之，曰：“此一儒生，乌能饲犬；可使居西堂，主簿。”生喜，伏谢。女曰：“汝以朴诚，可敬乃事。如有舛错，罪责不轻也！”生唯唯。婢导至西堂，见栋壁清洁，喜甚，谢婢。始问娘子官阀。婢曰：“小字锦瑟，东海薛侯女也。妾名春燕。旦夕所需，幸相闻。”婢去，旋以衣履衾褥来，置床上。生喜得所。

黎明，早起视事，录鬼籍。一门仆役，尽来参谒，馈酒送脯甚多。生引嫌，悉却之。日两餐，皆自内出。娘子察其廉谨，特赐儒巾鲜衣。凡有赍赉，皆遣春燕。婢颇风格，既熟，颇以眉目送情。生斤斤自守，不敢少致差跌，但伪作骏钝。积二年馀，赏给倍于常廪，而生谨抑如故。

一夜，方寝，闻内第喊噪。急起，捉刀出，见炬火光天。入窥之，则群盗充庭，仆仆骇窜。一仆促与偕遁，生不肯；涂面束腰，杂盗中呼曰："勿惊薛娘子！但当分括财物，勿使遗漏。"时诸舍群贼方搜锦瑟不得，生知未为所获，潜入第后独觅之。遇一伏妪，始知女与春燕皆越墙矣。生亦过墙，见主婢伏于暗陬。生曰："此处乌可自匿？"女曰："吾不能复行矣！"生弃刀负之。奔二三里许，汗流竟体，始入深谷，释肩令坐。飙一虎来。生大骇，欲迎当之，虎已衔女。生急捉虎耳，极力伸臂入虎口，以代锦瑟。虎怒，释女，嚼生臂，脆然有声。臂断落地，虎亦返去。女泣曰："苦汝矣！苦汝矣！"生忙遽未知痛楚，但觉血溢如水，使婢裂衿裹断处。女止之，俯觅断臂，自为续之；乃裹之。东方渐白，始缓步归。登堂如墟。天既明，仆媪始渐集。女亲诣西堂，问生所苦。解裹，则臂骨已续；又出药糁其创，始去。由此益重生，使一切享用，悉与己等。臂愈，女置酒内室以劳之。赐之坐，三让而后隅坐。女举爵如让宾客。久之，曰："妾身已附君体，意欲效楚王女之于臣建。但无媒，羞自荐耳。”生惶恐曰：“某受恩重，杀身不足酬。所为非分，惧遭雷殛，不敢从命。苟怜无室，赐婢已过。”一日，女长姊瑶台至，四十许佳人也。至夕，招生入，瑶台命坐，曰：“我千里来，为妹主婚，今夕可配君子。”生又起辞。瑶台遽命酒，使两人易盏。生固辞，瑶台夺易之。生乃伏地谢罪，受饮之。瑶台出，女曰：“实告君：妾乃仙姬，以罪被谪。自愿居地下，收养冤魂，以赎帝谴。适遭天魔之劫，遂与君有附体之缘。远邀大姊来，固主婚嫁，亦使代摄家政，以便从君归耳。”生起敬曰：“地下最乐！某家有悍妇；且屋宇隘陋，势不能员园委曲，以每其生。”女笑曰：“不妨。”既醉归寝，欢恋臻至。过数日，谓生曰：“冥会不可长，请郎归。君干理家事毕，妾当自至。”以马授生，启扉自出，壁复合矣。

生骑马入村，村人尽骇。至家门，则高庐焕映矣。先是，生去，妻召两兄至，将棰楚报之；至暮，不归，始去。或于沟中得生履，疑其已死。既而年馀无耗。有陕中贾某，媒通兰氏，遂就生第与妇合。半年中，修建连亘。贾出经商，又买妾归，自此不安其室。贾亦恒数月不归。生讯得其故，怒，系马而入。见旧媪，媪惊伏地。生叱骂久，使导诣妇所，寻之已遁；既于舍后得之，已自经死。遂使人舁归兰氏。呼妾出，年十八九，风致亦佳，遂与寝处。贾托村人，求反其妾，妾哀号不肯去。生乃具状，将讼其霸产占妻之罪。贾不敢复言，收肆西去。方疑锦瑟负约；一夕，正与妾饮，则车马扣门而女至矣。女但留春燕，馀即遣归。入室，妾朝拜之。女曰："此有宜男相，可以代妾苦矣。"即赐以锦裳珠饰。妾拜受，立侍之；女挽坐，言笑甚欢。久之，曰："我醉欲眠。"生亦解履登床，妾始出；入房，则生卧榻上；异而反窥之，烛已灭矣。生无夜不宿妾室。一夜，妾起，潜窥女所，则生及女方共笑语。大怪之。急反告生，则床上无人矣。天明，阴告生；生亦不自知，但觉时留女所、时寄妾宿耳。生嘱隐其异。久之，婢亦私生，女若不知之。婢忽临蓐难产，但呼"娘子"。女入，胎即下；举之，男也。为断脐置婢怀，笑曰："婢子勿复尔！业多，则割爱难矣。"自此，婢不复产。妾出五男二女。居三十年，女时返其家，往来皆以夜。一日，携婢去，不复来。生年八十，忽携老仆夜出，亦不返。

图书在版编目（CIP）数据

中国妖怪 /（日）陈舜臣著；刘琼译．— 北京：北京出版社，2020.8

ISBN 978-7-200-15353-8

Ⅰ. ①中… Ⅱ. ①陈… ②刘… Ⅲ. ①故事—作品集—日本—现代 Ⅳ. ① I313.45

中国版本图书馆 CIP 数据核字（2020）第 020568 号

出 品 人：安　东　高立志　　责任印制：陈冬梅
责任编辑：王忠波　吴剑文　　封面设计：周伟伟

中国妖怪
ZHONGGUO YAOGUAI
[日] 陈舜臣　著　刘　琼　译

出　　版　北京出版集团
　　　　　北 京 出 版 社
地　　址　北京北三环中路 6 号
邮　　编　100120
网　　址　www.bph.com.cn
总 发 行　北京出版集团
印　　刷　北京华联印刷有限公司
经　　销　新华书店
开　　本　880 毫米 ×1230 毫米　1/32
印　　张　10.875
字　　数　190 千字
版　　次　2020 年 8 月第 1 版
印　　次　2020 年 8 月第 1 次印刷
书　　号　ISBN 978-7-200-15353-8
定　　价　49.00 元

如有印装质量问题，由本社负责调换
质量监督电话　010-58572393